O sentido e o fim

O sentido e o fim

MIKE SULLIVAN

Copyright © 2020 Mike Sullivan
O sentido e o fim © Editora Reformatório

Editor
Marcelo Nocelli

Revisão
Marcelo Nocelli
Eliéser Baco

Imagem de capa
François-Auguste-René Rodin, *L'Addio*, Musée Rodin, Paris.

Design e editoração eletrônica
Negrito Produção Editorial

Dados Internacionais de Catalogação na Publicação (CIP)
Bibliotecária Juliana Farias Motta (CRB 7-5880)

Sullivan, Mike, 1979-
    O sentido e o fim / Mike Sullivan. – São Paulo: Reformatório, 2020.
    128 p.; 14 x 21 cm.

    ISBN 978-65-88091-01-2

    1. Contos brasileiros. I. Título.
S949s   CDD B869.3

Índice para catálogo sistemático:
1. Contos brasileiros

Todos os direitos desta edição reservados à:

EDITORA REFORMATÓRIO
www.reformatorio.com.br

A morte talvez ponha fim a todas as coisas; o tempo, não.
Tirza, Arnon Grunberg

Sumário

13 Dentro de mim há um tempo se esgotando
27 Eu não sou louca
37 A um passo da imortalidade
59 O fogo da salvação
67 Justiça
79 Seus olhos de azeviche
85 Distantes
87 Vivo ou morto?
103 O enterro dos ossos
117 Garotos i
121 Garotos ii

Antes de toda criação, eu já existia. Não sou verbo, nem carne. Nem serpente, nem a estrela que caiu do céu. Nada tenho a ver com o pecado original. Através de mim e do tempo, tudo se destrói. Frequentemente associam-me ao mais terrível dos fracassos humanos. Sou temida por representar o desfecho inexorável da vida. Maldição. Rito de passagem. Recomeço. A origem das religiões fundadas em épocas imemoriais.

Sou o temor universal.

Não me encontrarás em cemitérios. Para que me servirá um cadáver? Habito quartos e corredores superlotados dos hospitais, salas de quimioterapia, campos de guerra, conflitos civis, ambulâncias, acidentes em rodovias, atentados terroristas, armas nucleares, tempestades, terremotos, hemorragia, quedas, incêndios, afogamentos, desequilíbrio, surtos psicóticos. Passeio ao lado da fome, nos quatro cantos do planeta. Sou doença, vírus, veneno, suicídio, loucura, crime. Sou também a salvação dos que têm dores e pressa por alívio imediato.

Não faço concessões. Sou imune à piedade. É ridícula a vã esperança da ciência em me vencer algum dia, assim como é lamentável a fé na eternidade como escudo protetor dos mais fracos. Não culpe a mim por seus tormentos, pelas suas angústias, pelo seu terror desmedido. Quando aceitará que nasceu programado para morrer?

Estou dentro de cada um de vocês.
Sou apenas o seu fim.
Teu futuro tão distante e também tão próximo.
Você e o restante da humanidade são os únicos que tentam atribuir significado à minha existência.
Não precisa ter pressa. Eu te espero.

Dentro de mim há um tempo se esgotando

Dizem que você é capaz de sentir a proximidade física da morte quando descobre que está com câncer, principalmente se o diagnóstico for tardio e o tumor estiver localizado numa área extremamente sensível e comprometedora, como o cérebro.
Dizem que a vida passa como um filme na sua cabeça.
Dizem que você começa a se lembrar do passado com frequência, daqueles eventos que muito o prejudicaram e dos traumas que resultaram numa mágoa que você podia jurar ter esquecido. Todos os seus pensamentos transformam-se em melancolia.
Dizem que você primeiro nega a doença. Depois tem raiva. Muita raiva. Do mundo, de Deus, do destino que o elegeu, dentre tanta gente, para ser portador de tão desgraçada enfermidade.
Dizem que tudo desaba. Nada mais passa a ter sentido.
Dizem que você começa a odiar as pessoas saudáveis. Tem inveja da saúde delas, não entende o que fez para receber tal castigo.
A ignorância é, sim, uma benção. E ela pode te livrar de muitas resoluções trágicas. Eu queria estar agora sendo consolado por amigos e familiares, agarrando-me à deter-

minada crença, pedindo orações, procurando ter esperanças para lutar, indo em busca de novas opiniões médicas, pesquisando técnicas revolucionárias no exterior que pudessem me livrar da morte.

Mas sou especialista em pacientes terminais, considerado o maior estudioso de Tanatologia do país (mesmo sendo jovem demais) e formado em Psicologia há apenas quinze anos. Depois de ter convivido com médicos e pacientes de todos os tipos em diversos hospitais públicos e privados, especializei-me em Psicologia Oncológica. Atualmente, faço parte de uma equipe multidisciplinar do Instituto Nacional do Câncer (INCA). Há mais de cinco anos, sou professor de *Psicologia aplicada a pacientes terminais,* para residentes e psicólogos.

Quanta ironia!

O psicólogo, profundo conhecedor da obra de Philippe Ariès, Ernest Becker, Allan Kellehear e Elisabeth Kübler-Ross, que palestrava e ensinava seus alunos com tanta arrogância como se parecesse um ser único, especial, imune à própria morte.

Não tenho fé suficiente para acreditar que Deus possa me curar de um câncer no cérebro. Sou fraco e orgulhoso para implorar por um milagre desta magnitude. Simplesmente dormir e, sob efeito de energias fora do alcance de nossa razão, acordar sem aquele tumor dentro da cabeça a devorar meus neurônios sadios. Não consigo acreditar nisso.

Nunca estimulei meus pacientes a esperarem por milagre, a não ser que esse assunto viesse à tona por iniciativa deles. Encorajava-os, sim, a buscar entender a doença, conversarem abertamente com seus médicos e fazerem tudo o que fosse possível para levarem suas vidas adiante até onde pudessem. Sem medo. O paciente devia perder o medo. Antes de tudo.

Porém, eu estou com muito medo. Não sei bem exatamente do quê. Da passagem para o outro mundo? Do que virá além da morte? Das dores?

Restam-me poucas alternativas: posso aceitar, ainda que resignado, minha condição atual. Internar-me assim que o dia amanhecer. Iniciar a quimioterapia. Raspar a cabeça. Comunicar a doença às pessoas próximas. Despedir-me dos meus pacientes e dizer-lhes que não poderei mais cuidar deles. Entregar-me, consciente da finitude do tempo.

O avanço deste tipo de câncer é rápido e sem retrocessos. Os quimioterápicos servem apenas para garantir alguns dias ou semanas a mais. Virão os enjoos, os sedativos. Provavelmente serei entubado. Morrerei sozinho num quarto de hospital. O cérebro deixará de responder tão logo as células tumorais tenham destruído tudo o que restava de saudável.

A outra opção seria encher a banheira, engolir comprimidos de Rivotril suficientes para derrubar um cavalo, emergir meu corpo nu na água morna e observar o nível subir à medida que meus olhos se cerrassem pela última vez.

Essa última opção seria o jeito poético de dar jeito às coisas. Conquistaria piedade e clamores na hora de meu funeral, enquanto a primeira opção relaciona-se à praticidade em encarar o triste fim. Não quero nem uma nem outra. Agora o tempo tornou-se curto e muitas coisas que protelei, talvez por me imaginar imortal, ganharam tom de urgência.

* * *

Há quinhentos metros da nossa casa tinha um Posto de Saúde. Foi para lá que corri à procura de ajuda, numa manhã de céu nublado, com apenas nove anos de idade. Esbaforido devido à distância percorrida em passos apressados, mal conseguia expressar o motivo do meu desespero. Uma das enfermeiras, agarrando-me pelos braços, pedia que eu mantivesse a calma e tentasse explicar o que estava acontecendo. "Meu pai. Venha. Muito sangue", eu disse devagar. Era preciso grande esforço para puxar o ar entre uma palavra e outra.

A enfermeira e um médico foram comigo até em casa. Assim que chegamos, eles pediram que eu aguardasse no quintal. Uma recomendação que não seria preciso insistir, pois eu não queria ver de novo aquela cena. Meu pai sobre a cama, sangrando, com uma faca enfiada nas costas.

Não demorou nem cinco minutos para que eu os visse sair.

"Mantenha esse menino aqui fora", disse o médico para a enfermeira. "Vou chamar a polícia. Vigie para que a mulher lá dentro não fuja também."

A mulher a qual ele se referia era minha mãe. Eu tinha certeza que ela não fugiria. Não era mulher de fugir. Fez o que tinha de ser feito.

A polícia veio rápido. Entraram dois homens armados e saíram da casa trazendo mamãe algemada. De dentro da viatura ela me olhou sem dizer nada, lançando-me através do vidro uma mensagem que prontamente entendi. Jamais deveríamos revelar o que houve lá dentro: eu com a bermuda arriada até os joelhos, deitado na cama. Papai sobre mim, só de camiseta. Mamãe voltando mais cedo do trabalho, indo direto ao quarto, seguindo os gemidos. Voltando à cozinha. Escolhendo a faca maior. Acertando o marido nas costas.

***

O dia em que recebi o diagnóstico começou igual a todos os outros.

Nenhum sinal ou presságio anunciou a tragédia.

Meu celular despertou-me às seis da manhã.

Levantei-me da cama amaldiçoando o trabalho que teria pela frente. Apesar de adorar o que faço, sempre odiei acordar cedo.

Bebi dois copos de água antes do banho e liguei a cafeteira.

Fiz a barba e fiquei cerca de vinte minutos debaixo do chuveiro.

Após o banho, já me sentia preparado para começar o dia. A irritação das poucas horas de sono dissipava-se logo após a primeira xícara de café.

Eu seguia uma dieta rigorosa. Pela manhã, comia apenas quatro torradas integrais e um pote de iogurte com granola.

Em seguida, vesti a roupa separada na noite anterior. Eu era daqueles que não admitia usar roupas repetidas durante a semana. Era vaidoso e tinha um cuidado especial com o que usava. Por ser professor, sempre me vi como referência para meus alunos. Minhas calças e camisas de mangas compridas tinham a obrigatoriedade de combinar. Gostava de tons neutros. Jeans, marfim, azul clarinho, salmão. E também os sapatos e o cinto deviam ser idênticos na cor.

Escovei os dentes.

Passei o creme anti-idade ao redor dos olhos.

Lustrei a pele do rosto com protetor solar fator 70, o que servia também para corrigir algumas imperfeições.

Penteei os cabelos como se estivesse a esculpir uma obra de arte.

Engoli um comprimido de Citalopram, o antidepressivo que restou dos muitos que tive de usar nos últimos anos.

Minha pasta era o último item da lista de tarefas matutinas. Conferia os relatórios médicos que trazia para estudar, verificava o plano de aula, certificava-me dos hospitais reservados para aquele dia. Nas primeiras horas, daria aula teórica no INCA para os alunos de Psicologia Oncológica. Almoçaria ali pelo Centro do Rio mesmo e, à tarde, faria visitas a pacientes em dois hospitais da região. Só voltaria para a casa às dez da noite.

Eu ainda tinha marcado na agenda uma consulta com Anete, minha supervisora de Psicologia. Anete havia sido minha professora durante a universidade e a ela eu recorria a cada quinze dias, para conversar sobre meus casos mais difíceis e, principalmente, buscar orientação.

Quando apaguei as luzes e girei a chave na fechadura, preparando-me para sair, o telefone celular tocou. Era o meu médico.

E se o seu médico liga para o seu celular às sete da manhã, pode acreditar que alguma coisa está muito errada.

"Bom dia, doutor Luiz", atendi naturalmente.

"Onde você está?", perguntou com a voz embargada.

"Saindo de casa nesse instante."

"Quero que venha imediatamente ao meu consultório."

"Posso passar aí no início da tarde?"

"Não. Tem que ser agora."

"O que houve? Tem a ver com o resultado dos exames?"

"É melhor conversarmos pessoalmente sobre isso."

"Tudo bem. Chego aí daqui a pouco."

Confesso ter ficado preocupado assim que ele encerrou a ligação, mas em nenhum momento imaginei que fosse tão grave. Na semana anterior, havia procurado o doutor Luiz para falar a respeito de dores de cabeça intensas. Analgésicos comuns não faziam mais efeito e, em duas ocasiões, eu havia perdido o equilíbrio, caindo feio no chão.

Outro sintoma eram os lapsos de memória. Várias vezes, enquanto dava aula, eu esquecia uma palavra corriqueira no meio da frase ou então me confundia entre os assuntos. Numa vez um aluno foi quem me alertou. Eu iniciara um tópico, mas não o concluíra, passando para um tema que já havia sido ministrado na aula anterior. A princípio relacionei o desgaste mental ao estresse diário. Talvez fosse preciso pisar no freio, diminuir a carga horária de trabalho.

Dores de cabeça sempre foram comuns no meu caso. Porém, na maioria das vezes, bastavam dois comprimidos de Neosaldina e logo me via livre do incômodo. Mas passou a ser diferente, de uns dias para cá. Além da dor, a visão ficava turva e enjoos terríveis me deixavam por várias horas trancado no banheiro.

Acreditando não ser nada de mais, segui para o consultório do doutor Luiz. Certamente, recomendaria mais cuidado com a alimentação, com as noites mal dormidas, exigiria que eu tirasse alguns dias de férias e que, se possível, viajasse. Receitaria novo antidepressivo e também um suplemento vitamínico. Sairia de lá rumo ao trabalho e pronto para seguir normalmente a vida. Essa seria a consulta ideal.

Porém, naquela manhã, doutor Luiz não me recebeu com o sorriso habitual. Estava debruçado sobre a mesa, analisando as radiografias. Convidou-me a sentar e assim o fiz, sem saber ao certo o que dizer. O clima dentro daquele consultório não era dos melhores. Eu devia ter imaginado desde a ligação logo cedo que alguma coisa estava muito errada comigo. Não fosse isso, nada explicaria a urgência com que me pediu para vê-lo.

Mas, quando ele ergueu a cabeça e seu olhar transtornado por piedade encontrou o meu, senti a respiração parar por um instante. Meu estômago gelou. Aquela pausa longa e angustiante deixou claro que não era uma simples enxaqueca.

Também era difícil para ele conversar sobre o assunto. Eu estudei muito sobre isso e vivenciei na prática. Muitos médicos têm dificuldade de transmitir abertamente aos seus pacientes os diagnósticos fatídicos. Não é fácil para nenhum deles, que foram educados e treinados para salvar vidas, dizer a um paciente que ele tem poucos dias para acertar tudo o que pode e se recolher junto à família para morrer em instantes. Muitos médicos recorrem a psicólogos ou a assistentes sociais para conversarem com doentes e seus familiares sobre a doença e as poucas chances de sobrevida. E aquele silêncio demorado que se instalou entre nós, naquela manhã, não significava outra coisa senão a notícia ruim travada na garganta do doutor Luiz, que, além de ser meu médico, era meu amigo.

"É tão grave assim?", eu disse tentando sorrir, de maneira a disfarçar meu constrangimento e meu medo.

"Sim, é grave. Infelizmente, não há outro jeito de dizer isso."

"O que viu aí?"

"Bem aqui", ele disse, apontando com o dedo para uma mancha escura no canto direito do cérebro destacado na radiografia. "Localizamos a presença de um tumor. Ele é a provável causa de seus lapsos e das fortes dores de cabeça."

Num primeiro momento, enquanto ele falava sobre a gravidade da doença, tive a impressão de que se referia a outra pessoa. Era como se estivéssemos diante de um estudo de caso, como tantos outros que examinamos juntos. Somente ao ouvi-lo discorrer as etapas do tratamento, despertei-me para a realidade.

"Providenciarei sua internação imediata para..."

"Não conte nada a ninguém", eu o interrompi.

"Como é que é?"

"Prometa que isso não saíra desta sala."

"É impossível."

"Não quero que ninguém saiba. Os outros professores, psicólogos... Meus alunos, principalmente."

"Vou fingir que não estou ouvindo isso. Precisamos iniciar o quanto antes o tratamento. O tempo é uma variável determinante na luta contra o câncer."

"Foda-se o tratamento. Não vou fazer porra nenhuma de quimioterapia."

"Olha, sei que não é fácil e que está nervoso. Quero que pense melhor a respeito."

"A única coisa que vou fazer agora é ir até lá fora, fumar um cigarro e depois seguir para minha aula. Estou atrasado. Com licença!"

* * *

Quantos cigarros são necessários para processar uma notícia tão ruim como aquela? Fumei vários, debaixo da marquise, na portaria do prédio onde ficava o consultório. Jamais havia pensado em interromper a rotina por causa de uma doença incurável. Pensar em minha própria morte é absurdo demais. Uma coisa é estudar o tema, discursar perante um auditório lotado, comentar a morte alheia, teorizar aquilo que, por defesa, colocamos a quilômetros de distância do pensamento, estando saudável, com a conta bancária cheia, morando num bom apartamento, comendo nos melhores restaurantes. Outra coisa é pensar na morte, na interrupção da vida, quando quem está prestes a morrer somos nós mesmos, sem que nada possa ser feito para que seja evitado.

De que me adianta morrer, se a pessoa para quem desejo transferir toda a culpa e sofrimento está morta? Seria mais aceitável o tumor se, como alternativa ao medo, eu pudesse esfregá-lo na cara de papai. Pegaria o ônibus agora mesmo em direção ao vilarejo onde cresci, andaria alguns quilômetros a pé, alcançaria a estrada de chão onde ficava nossa casa, sentaria frente a frente com o homem rude que muitas vezes me surrou com o cinto e, sem lágrimas nos olhos, diria que a violência e o preconceito, ambos iniciados dentro de minha própria casa, foi o que mais me matou nessa vida.

Todos os meus amigos sumiram. Muitos foram morar longe. Alguns morreram. Outros tantos seguiram caminhos opostos aos meus – casamento, filhos, raízes em empregos comuns do tamanho de suas ambições medíocres. Eu, que sempre busquei liberdade, pois desde cedo admiti ter um espírito livre, vaguei perdido e sozinho por outras partes do mundo onde jurava que encontraria paz, sossego, felicidade, um grande amor e tranquilidade suficiente para assumir, sem medo das consequências, minha paixão por outros homens. Vencer o preconceito. No entanto, paguei um preço alto. Abandonei a família e os amigos da pequena comunidade onde cresci. Lancei-me à vida. Sem rédeas, sem proibições.

Sinto falta de alguns amigos, mas reconheço que as chances de revê-los são nulas. O tempo, a distância, os objetivos, a rotina e a normalidade criaram um abismo instransponível entre nós. Penso sobre quais assuntos conversaríamos. Onde encontraria paciência para ouvi-los confessar a felicidade que nunca encontrei? Como conter a inveja diante de seus apartamentos, carros, viagens à Europa e filhos saudáveis? Certamente meus sorrisos entorpecidos me entregariam. Por mais que sorrisse e fingisse naturalidade, jamais daria conta de disfarçar o tédio oriundo do reencontro.

Foram anos de Psicanálise até formular a hipótese de que meu pai descontava em mim os efeitos de uma homossexualidade reprimida. Para a elaboração de tal suspeita, levei em consideração certos arroubos de felicidade dele, denotando uma sensibilidade exacerbada que me causava espanto e admiração, como a sua paixão pela música. Trouxe comigo todos os vinis. Maria Bethânia, Maysa, Sérgio Reis, Roberta Miranda, Amado Batista. "Pequeno perfil de um cidadão comum", interpretada por Belchior, era a canção que papai não cansava de ouvir. O álbum que traz essa música é um daqueles impossíveis de ouvir sem estar bêbado. Bem bêbado. A carga emocional que evoca é de me fazer chorar por horas a fio.

Todavia, o que ficou marcado em mim foi o ar autoritário de papai, seus olhos transtornados ao me observarem, a violência duramente investida contra meu corpo frágil, numa vã tentativa de consertar a delicadeza do meu comportamento e, ao mesmo tempo, aproveitar-se para satisfazer seus desejos quando ninguém estava olhando. Eu só queria entender por que ele me tratava daquele jeito: ora com repulsa, ora com volúpia. Ao longo da vida, tentei ser diferente dele em tudo: procurei estudar, viajei, conheci pessoas, investi na minha formação profissional.

Seria terrível terminar do mesmo jeito que ele: inconformado com o trabalho de pedreiro, bêbado diariamente, amparado no balcão de um bar, fedido, sem vaidade, excluído, vítima de sua própria ignorância.

No entanto, o mais constrangedor será admitir perante a classe acadêmica e aos meus alunos que não sou imune ao câncer, reconhecer publicamente que o final de minha própria vida está próximo.

※ ※ ※

Condenada por assassinato, mamãe acabou morrendo na prisão. Feita refém numa rebelião promovida por um grupo de detentos, levou um tiro na barriga. Ninguém foi responsabilizado. Meses depois nenhuma autoridade falava mais no assunto.

Na última vez que a vi eu tinha pouco mais de dez anos. O juiz autorizou que eu a visitasse. Aconteceu apenas uma vez. Mamãe me fez prometer que não a veria mais. Eu não deveria voltar. "Aqui não é lugar para criança", ela fez questão de insistir.

Resignada, ela não se aproximou muito de mim. No pátio interno, rodeados por olhares curiosos de outras mulheres usando o mesmo uniforme encardido e malcheiroso, eu e mamãe ficamos a uma distância relativamente curta um do outro, mas me senti tão longe aquela tarde que, de certa maneira, era como se não nos conhecêssemos mais, como se fôssemos dois estranhos.

Não sei o que se passava em seu coração, na sua mente, quais os seus reais sentimentos, se havia arrependimento. Não consegui captar nenhuma reação significativa no seu olhar. Seu rosto manteve-se inexpressivo. Seus movimentos, imperceptíveis. Lembro-me que seus braços cruzados na altura do peito permaneceram nessa mesma posição durante os poucos minutos que estivemos juntos.

Lamento não ter ido contra suas ordens. Sinto não ter rompido a barreira invisível que nos separava naquele último encontro. Se tivesse dado alguns passos, poderia tê-la abraçado, guardando na memória resquícios de seu cheiro, seu calor, qualquer lembrança que sobrepujasse a cena de vê-la acertar a faca várias vezes nas costas de papai.

Daquele nosso encontro definitivo o que ficou mesmo gravado em mim foram suas palavras, ditas num tom desanimador, mas carregadas de esperança e amor.

"Nunca mais vai voltar aqui. Quero que me prometa isso, entendeu? Sua mãe está pedindo pra você esquecer esse lugar. Têm uma vida lá fora te esperando. É nisso que precisa se ocupar. Teu pai jamais te tocará de novo. Você está livre agora."

Está livre.

Agora.

* * *

Agora tem a doença.

A morte.

O fim.

Um possível reencontro?

Talvez.

Nesse momento de incertezas quanto ao que virá (o tratamento, as dores, a humilhação, o último minuto de vida), apenas a possibilidade remota de rever minha mãe é capaz de me conformar um pouco.

Eu não sou louca

Toda vez que meu filho vem me visitar é a mesma ladainha. Faz-se necessário explicar pausadamente e muito irritada que, apesar da aparência, não sou doida varrida, lunática, desarvorada, endemoniada, biruta, e tudo o mais que dizem a meu respeito. A falta de um marido que me defenda encoraja os vizinhos e aqueles que encontro na rua a esbravejarem toda sorte de absurdos ao me verem recolhendo alguns objetos, falando sozinha, maltrapilha, arrastando as sandálias com meus passos desajeitados. Cambada de vagabundos! Acham que sou surda também? Eu não sou louca!

Eu e meu filho estamos sentados um de frente ao outro, nos únicos espaços vazios da sala, em pontos extremos. Entre nós, há pilhas de livros e revistas, um varal enferrujado, uma televisão que não funciona mais, o colchão de solteiro novinho que encontrei na semana passada. Uma pena que não consegui remover a mancha de mijo (de gente ou de bicho). Esfreguei várias vezes, lavei com sabão, pus no sol pra secar, mas não teve jeito. Até que o cheiro não chega a incomodar tanto quanto antes.

"Eu não sou louca, Carlos!" É preciso repetir várias vezes para ver se assim me deixa em paz. Cruzo as pernas, acendo um cigarro e me aconchego na poltrona, olhando o teto, fingindo não estar tão aborrecida. Esse é o meu cantinho preferido, ao lado da estante carregada de livros, cadernos e pastas, recordações empoeiradas do tempo em que dava aulas na escolinha aqui perto.

Sim, eu era professora de português. Tenho saudade dos meus alunos. Em nenhuma ocasião os maltratei. Só os deixava assustados ao tentar convencê-los da presença dos espíritos livres da constelação ariana, que vinham de boa vontade ajudar-me a proliferar o conhecimento, na tentativa de deflagrar a sabedoria por meio da justiça e do debate democrático. Porém, a perícia médica achou melhor me aposentar por invalidez. Diziam que, se um dia eu ficasse boa de novo, teria meu emprego de volta. Tudo mentira dessa gente.

Vou mensalmente ao médico, que mal olha pra minha cara, e só o vejo escrever no papel os mesmos remédios, seguido do diagnóstico que nada faz alterá-lo: esquizofrenia acompanhada de alucinação auditiva. Está escrito lá, assim, do jeitinho que estou dizendo a vocês. São apenas vozes. Espíritos do bem. Isso não quer dizer que sou louca. Sabedoria não é sinal de loucura. De jeito nenhum. Mas, como fazê-los entender que uma mente evoluída não oferece perigo algum ao restante da humanidade portadora de inteligência mediana?

Tem meia hora que Carlos chegou. Faz tanto silêncio entre nós. Ouço sua respiração asmática. De vez em quando coça o nariz, provavelmente por causa da espessa camada de poeira que cobre tudo – o chão, os móveis, as caixas de papelão, os estrados de madeira, as garrafas vazias, as bonecas destroçadas, as latas de cerveja, um tabuleiro velho de xadrez, os caixotes de feira, o guarda-chuva, os crucifixos e os santos de barro.

Estou cansada. Mas me lembro de que ainda será preciso insistir, me rebelar a respeito de ser levada para aquele lugar horrível. A humanidade parece lutar contra a liberdade. Inventa juízes, idolatra facínoras, ama prisões. Alimenta o carcereiro como se lhe retribuísse um grande favor.

"Não vou morar num hospício", digo com mais raiva.

"Casa de repouso, mamãe", meu filho se apressa em corrigir. Sei bem que tenta me dissuadir, quer me enganar. Asilo, casa de repouso, hospital psiquiátrico, hospício. É tudo a mesma merda. Conheço bem esses depósitos de gente. Já passei por lá outras duas vezes. Não quero mais voltar. Só pioraria.

Carlos quer muito que eu me interne para se sentir o bom filho que cuidou da mãe até o fim. Irá me abandonar à míngua assim que eu pôr os pés naquele inferno. Vai esquecer de mim. É a única chance de se reencontrar na vida, cancelar suas consultas no analista, rejeitar a culpa. Voltar para sua casa e seu trabalho de advogado ou engenheiro ou médico, sei lá. Eu até entendo a sua distância, seu destempero, seu olhar fugidio que nunca encontra os meus. Nossos olhares apenas se esbarram em muros construídos pela vergonha e pelo medo que aprendeu a sentir de mim durante todos esses anos. Só não consigo entender sua renitente mania de se aprofundar nesse discurso de cura e internação, se eu já disse milhões de vezes que não quero mais me submeter a nenhum tratamento. Quero só viver em paz dentro da minha própria casa.

"Da última vez, a senhora disse que pensaria melhor sobre o assunto." Ele está olhando minhas mãos ao dizer. O olhar nas unhas sujas, encardidas. Garanto que deve sentir nojo de mim. Não confessa, mas os lábios finos espremidos e o corpo estático demonstram repugnância à pobre velha mãe, com suas mãos enrugadas, carimbada de manchas, desacreditada no futuro, agarrada ao passado, esperando apenas o retorno do grande amor que partiu, para só assim dar continuidade à vida que deixou para trás.

"Pensar melhor não significa decidir a teu favor, meu filho."

"Não gosto de vê-la sozinha nessa casa, cheia de entulhos... De lixo!"

Ora bolas, faça-me o favor! Onde já se viu chamar de lixo os artefatos que me fazem companhia. Tampinhas de garrafa, agulhas de cozer, parafusos, porcas, palitos de fósforo, cartelas de comprimidos vencidos e que não consigo descartá-los, rolhas de vinho. Isso não é lixo. São apenas lembranças. Recordações de um mundo que não quero esquecer. Pode até ser que eu exagero um pouco. Tenho mania de juntar objetos que encontro na rua. Outra dia achei um ventilador na beira do rio. Não funciona e, mesmo com uma das hélices quebradas, combinou com os outros utensílios da cozinha. Tenho a ideia persistente de que nada é descartável. Tudo pode servir para alguma coisa um dia.

E tem os gatos também. Da última vez que contei eram vinte e cinco. Provavelmente deve ser bem mais. Carlos reclama sempre do cheiro. Não suporta vê-los andando em cima do fogão, da mesa da cozinha, revirando os lixos.

Pra mim, eles têm cheiro normal de bicho. Não me incomoda.

O difícil é se locomover dentro de casa. Vivo me equilibrando sobre pequenas montanhas de entulhos ou tenho que me esticar toda para alcançar algum objeto. Como estou velha demais e cansada, com as pernas desenhadas de varizes, sinto-me esbaforida ao fazer um simples gesto. Na maior parte do tempo fico aqui sentada no meu canto preferido, indiferente à bagunça e à sujeira. Restos de comida, barata esmagada pela sola da bota, papel higiênico usado, rato preso na ratoeira, borra de café, cocô de gato, roupas sujas, embalagens vazias. Essas coisas não me dizem mais nada. Tanto faz estarem aqui dentro como lá fora infectando o planeta. Detesto imundícies! Quando Valentino, meu marido, voltar com o ouro que prometeu encontrar no Pará, aí sim darei uma boa limpeza na casa para recebê-lo.

"Quer mais café?", pergunto ao meu filho.

Ele não responde.

Nessa idade ainda faz pirraça.

Ergo-me com certa dificuldade da poltrona rasgada, com molas visíveis que machucam a bunda. É tão antiga que a gente afunda metade do corpo ao sentar. Vou até Carlos, tomando cuidado pra não cair, livrando os passos de objetos e prestando muita atenção onde apoiar os pés. Tiro da mão dele a caneca de café. Não bebeu nem um bocado. Nojo, ele tem nojo. Finjo não me importar. Carlos não faz menção de ir embora. Estou de saco cheio já dessa visita. Se digo isso, é capaz de mandar três ou quatro enfermeiros pra me levar à força até a bendita casa de repouso.

Caminho em direção à cozinha. No meio da porta há um saco de latinhas de cerveja vazias que me obriga a erguer as pernas e a pular para o outro lado. Outro dia me desequilibrei e quase acertei o rosto na quina do armário. O espaço para se locomover é mínimo. Mas não me incomodo. Sinto-me tão protegida entre minhas coisas que, se por acaso eu fosse obrigada a me livrar delas, aí sim eu saberia o que é viver sozinha, completamente só.

Faço questão de me demorar mais do que seria necessário para encher a caneca de café. Gasto o tempo olhando Carlos, sentado no mesmo lugar desde que chegou. Inspeciona com olhares assustados tudo o que vê a sua frente. Mas, em momento algum olha em minha direção. Seus olhos não me procuram mais ou acho que nunca me procuraram. Tanto é que, assim que teve a oportunidade, deixou-me para morar em outro lugar. Dizia que queria estudar. Não cansava de repetir que, em meio àquelas "porcarias", jamais seria alguém na vida. Carlos hoje tem outro pai, outra mãe, ganhou irmãos. Na época, não fiz nada para fazê-lo mudar de ideia, para que ficasse junto a mim. Nada. Só o ajudei a fazer a pequena mala e o levei até o ponto de ônibus. Carlos estava tão ansioso para ir morar com a nova família que sequer me beijou ou olhou para trás. Desde então, nossos olhares jamais voltaram a se esbarrar, apesar de suas vindas raras, duas ou três vezes ao ano.

Devo admitir que a nova família fez bem a ele. Um bem que, analisando onde estou hoje, não poderia lhe dar. Cresceu, tornou-se forte. Tem até barba. Tornou-se um homem bonito, daqueles que a gente tem gosto de apreciar. Está cada vez mais parecido com o pai. Ah, como está! Não gosto das visitas de Carlos porque me remetem à imagem de Valentino, tão bem guardada no meu coração, no centro do peito, onde dói tanto.

Valentino não teve oportunidade de conhecer o filho. Foi embora antes que eu pudesse lhe contar da gravidez. Eu mesma só soube dois meses depois. Valentino teria desistido dessa ideia de buscar riquezas tão longe se soubesse que dentro da mulher que amava havia sua descendência? Eu, que vivia infeliz após sua partida, agradeci a Deus por carregar em mim um pedaço de Valentino. A criança não deixaria esquecer seu rosto. Seria a companhia ideal em tempos difíceis, sem Valentino por perto.

Mas não sei o que acontece comigo. Vejo sempre partir aqueles que amo. Eu não consigo mantê-los por perto. Meu pai enterrou-se num manicômio, mamãe me vendeu, Valentino foi buscar soluções para a pobreza em Serra Pelada. Meu filho quer me internar num asilo para, finalmente, ir viver sua vida em paz. Tenho mais de sessenta anos e ainda não aprendi a aceitar que não nasci para usufruir do mesmo espaço e tempo daqueles que tanto quero bem.

Volto para a sala. Desabo meu corpo cansado no mesmo lugar. Não aguento mais tantas dores nas costas. Chego a soltar gemidos. Torço para que Carlos não ouça. Não notou nada de anormal. Tem o rosto voltado para o chão. Seu terno alinhado, a cor da gravata combinando, os sapatos bem engraxados, os cabelos penteados com gel, deixando fios bem pretos caídos no meio da testa, demonstram o quanto a mulher é zelosa – a nora que não me foi apresentada.

"Não sei como a senhora consegue morar num lugar como esse", ele diz, ao despertar com o barulho alto que fiz ao sorver o café.

"A gente acostuma."

"Olhe só para essas tralhas, mãe. Quanta sujeira e... Pelo amor de Deus!" Carlos estende os braços no ar como um maestro. Seus olhos enxergam apenas o abismo, o vazio, a distância infinita que nos separa.

Eu acendo um cigarro. Estou cansada até para discutir. De nada adiantaria. Não irá me convencer. Por mais que diga ou explique, não farei com que entenda o quanto essas coisas fazem parte de mim. A separação é indiscutível. Não é fácil desfazer-se de algo que para os outros não passa de quinquilharias.

"Não me ignore, mamãe. É visível a necessidade de tratamento no seu caso. Urgente."

Deito a cabeça no sofá. Atenho-me apenas a consumir o cigarro. Deixo Carlos falando sozinho. Já estou acostumada a seu julgamento rigoroso em relação ao meu estado mental. Daqui a pouco ele se cansa, como em diversas outras vezes, e vai embora, ressentido, sem que isso o demova de vez da ideia de voltar e repetir o seu discurso psiquiátrico. É triste ver o próprio filho esforçando-se para integrar o mesmo coro enraivecido de estranhos. Incomoda ouvir de quem deveria lhe defender palavras carregadas de egoísmo, de desamor, e afetadas por uma acusação generalizada de loucura.

Eu não sou louca!

Sem forças para falar, apenas repito mentalmente, de olhos fechados, tragando o resto do cigarro. Quanta falta você me faz, meu velho! Tentei de tudo para evitar que você fosse para Serra Pelada. Num determinado dia, ao ler a notícia no jornal, Valentino não falava de outra coisa que não fosse o garimpo. Encontrar ouro em Serra Pelada alimentou seus sonhos de enriquecer. A ambição foi mais forte do que o nosso amor. Numa noite, ele fez as malas, me deu um beijo e partiu depois do café.

    A gente sente quando é a última vez. O último beijo. O último cheiro. O último toque. A última visão do rosto de quem amamos tão profundamente. Apesar dos meus terríveis presságios, sonho com o dia em que vou achar graça do quanto fui tola, revê-lo e provar que eu estava enganada. Mas os anos continuam passando e Valentino permanece distante, invisível, incomunicável. Enquanto isso, espero aqui, na mesma casa, em luto por um marido ausente, porém insepulto.

    O cigarro acaba. As cinzas sujam a barra do vestido. Ouço a porta batendo. Só então abro os olhos. Enfim, estou sozinha novamente. Mas não por muito tempo. Daqui a pouco serão os gatos, as vozes e as enfermeiras a me importunar com seus malditos remédios.

A um passo da imortalidade

Todos os dias, Tereza desejava a morte do filho. Mas, por amor ou meramente por vingança, ele não morria nunca. Parecia eterno.

Às oito horas da noite, o carro de Tereza parou à entrada do convento. Piscou os faróis três vezes e buzinou em seguida – o sinal. Minutos depois, uma jovem freira de andar vacilante veio abrir o portão. Lançando à pequena mulher de hábito marrom um breve sorriso vazio de qualquer significado, Tereza conduziu o carro pelo extenso caminho de cascalho até chegar próximo ao casarão principal. Ato contínuo, saltou do carro para, enfim, com certo desassossego, cravar seus olhos na mulher que passou a ser uma figura principal em sua vida.

Irmã Catarina, com seus mais de setenta anos, mantinha-se firme nas intermediações da pequena capela. Era curioso continuar testemunhando esse espantoso ritual ao longo dos últimos vinte anos. Tereza, concluía Irmã Catarina ao vê-la caminhar em sua direção, transformou-se numa farsa, apesar da fortuna, das roupas elegantes, dos sapatos de salto, das joias caras, dos cabelos bem penteados. Uma mulher bem diferente da jovem chorosa e fraca que foi ao seu convento pedir socorro, clamar por ajuda. Toda vez que

Tereza anunciava sua vinda, a freira começava a sentir-se mal desde que despertava. Seu mal-estar se justificava, ela tendia a acreditar, por ter feito um acordo inconveniente.

Ao se aproximar, Tereza não disse nada. Apenas cumprimentou a freira com um frouxo aperto de mão. Nos primeiros anos, ainda encontrava algum assunto para fazer progredir a conversa. Mas, nesse tempo todo, uma vez por mês, cumprindo a mesma rotina, acreditava já não ser mais necessário ocupar-se com assuntos que só atrasariam o real motivo de sua vinda.

Então, como quem tem pressa, Tereza adentrou a capela e se pôs a caminhar pelo longo corredor escuro. A velha freira apenas se dispunha a acompanhar seus passos erráticos. Já não precisava mais lhe indicar o caminho. Bastava ir até o final do corredor, alcançar o altar, entrar numa minúscula porta de madeira ao lado e seguir pela passagem estreita até se deparar com outra porta. Por trás dela, um mistério que a ciência e a fé, juntas, abrigavam.

Nesse momento, Irmã Catarina passava do mal-estar inicial à indiferença, um sentimento mais perigoso, pois tudo tendia a perder sentido. Tereza lhe impunha dúvidas, inquietações, dinamites que ameaçavam implodir os alicerces de suas crenças, e ultimamente já não queria mais ter de suportar a presença dessa mulher.

Em frente à porta do quarto onde se dava seu destino, Tereza fez o sinal da cruz, como se solicitasse permissão para entrar. Minutos depois, tocou na fechadura gelada e empurrou com pouca força. Lá dentro, ao fundo, banhado por pouca luz, encontrava-se no mesmo lugar de sempre, próximo à janela, o pequeno berço de madeira – a morada permanente de um bebê vítima de paralisia cerebral que, inexplicavelmente, deixou de crescer. Com aparência de dois anos, a criança já tinha mais de duas décadas de vida. O sorrisinho frágil, sem dentes. Os olhos de azeviche, miúdos, fitando a distância. Um bebê que, ao que tudo indicava, guardava em si o sonho antigo da humanidade: a eternidade.

Despida da máscara burguesa, Tereza pegou a criança no colo e desabou numa poltrona ao lado. O melhor momento de sua vida. Não era mais preciso fingir, bancar a durona, podia ser simplesmente a mãe que sente o cheiro do filho, que o aninha em seus braços, que o protege. Ninguém sabia da existência desse bebê. Apenas ela, Irmã Catarina e o médico responsável pelos cuidados da saúde e da misteriosa interrupção no crescimento.

Comovida, Irmã Catarina sabia que em breve teria de sair. Uma nova transformação. Aliada à indiferença de antes, Tereza ocupava agora uma postura indecifrável. Por que gastar tanta energia para deixar sucumbir à escuridão de um convento uma criança que não existe para mais ninguém? Por que passar grande parte da vida deixando à mostra uma mágoa incurável? Era inútil tentar descobrir. Irmã Catarina se calou com o tempo, algo pelo qual se lamentava até hoje. Em troca do seu silêncio, recebia uma boa quantia em dinheiro. Uma grande soma que servia para alimentar e cuidar de muitos idosos, crianças e andarilhos. Pensando nos pobres, na fome de muita gente que o dinheiro mata mensalmente, ela acreditava estar fazendo o bem.

Tereza fez um sinal com a mão para que Irmã Catarina a deixasse sozinha. A madre piscou lentamente os olhos, sorriu com afinco e fechou a porta atrás de si. Sozinha, sentindo o calor daquela criança em seu colo, Tereza era outra mulher. Mais leve. Em profunda meditação, as lembranças surgiam de forma impiedosa em sua mente. Tereza chorou. Talvez por não se arrepender de nada, ainda que esse fosse o desejo que lhe permitia perdoar a si própria. Sabia perfeitamente ser uma tarefa impossível.

* * *

Tereza começou a trabalhar na revista Classic Magazine ainda muito jovem, aos vinte anos, quando cursava Jornalismo. Inteligente, versátil, ágil e cheia de ideias, chamou a atenção dos responsáveis pela revista. Assim que recebeu o diploma, foi contratada definitivamente. Em 1980, aos 23 anos, se tornou correspondente da revista, em Brasília, para tratar de assuntos políticos. De volta ao Rio de Janeiro, assim que Sarney assumiu a presidência, em 1985, Tereza assumiu o cargo de editora-chefe. Pelos corredores, os funcionários comentavam que a ascensão de Tereza foi possível apenas devido ao relacionamento com Eriberto Moreth, o *publisher* da Classic Magazine. Apesar de ele nunca ter prometido abandonar a esposa, Tereza tinha esperanças de que, um dia, Eriberto deixaria de se encontrar com ela às escondidas em motéis na hora do almoço e em visitas rápidas no seu apartamento nos fins de tarde, após o expediente, para se casar e construir uma família ao seu lado.

O lema de Tereza na revista era manter a diversidade do conteúdo das matérias, agradar várias camadas sociais, desde estudiosos, acadêmicos e executivos que se debruçavam em reportagens gigantes sobre a situação financeira e política do país, até pedreiros, metalúrgicos e empregadas domésticas que liam a revista no ônibus, em pé no trem, atentando-se para as chamadas curtas dos filmes em cartaz, episódios futuros das novelas, fofocas sobre artistas e relatos sensacionalistas a respeito da violência urbana.

Sua carreira seguia bem até o momento em que descobriu estar grávida. Eriberto a pressionou para abortar, enfatizando que a criança seria um escândalo na imprensa, que arruinaria seu casamento. Ofereceu, inclusive, dinheiro para que ela buscasse uma clínica no exterior. Confusa com a situação, Tereza jamais admitiu a hipótese de aborto. Em sua opinião, interromper uma gravidez assim seria o mesmo que cometer assassinato.

Sem outra solução, Eriberto a destituiu do cargo de editora-chefe e a demitiu da revista, dizendo que, provavelmente, aquele filho nem era dele. Tereza colocou suas coisas numa caixa, passou no RH para assinar uns papéis, despediu-se de alguns amigos e deixou a revista de cabeça erguida, certa de que, com ou sem marido, ela cuidaria daquela criança.

Com o seu currículo não foi difícil arrumar um novo emprego. Três semanas depois ela já estava empregada na redação de um grande jornal. Contudo, Tereza não comunicou aos seus superiores sobre a gravidez. Imaginava que se contasse não iriam contratá-la. Mas, com a barriga crescendo e os enjoos frequentes, Tereza logo foi chamada à sala do chefe para conversar. A gravidez veio à tona, com a omissão do nome do pai da criança. Tereza não queria mais problemas. Se Eriberto decidiu esquecê-los, ela seguiria em frente sem precisar recorrer a ele para pedir qualquer coisa.

Faltando uma semana para o nascimento do bebê, Tereza recebeu uma proposta para trabalhar no The New York Times. A indicação veio de um amigo que trabalhava no jornal e deixou vago o cargo de colunista de notícias internacionais para ser correspondente em Israel. Só tinha uma condição: ela teria de ir sozinha. Não aceitavam estrangeiras com filhos. Tereza pediu um prazo para dar a resposta. Pretendia ao menos esperar o filho nascer. A novidade de trabalhar no exterior, num jornal tão conceituado, a deixou mais exultante que a maternidade. A gravidez não planejada, com um homem sem escrúpulos, atrapalhava seus planos na carreira. Mas o que faria? Os pais já mortos, sem irmãos ou parentes com quem contar.

Na adolescência, vivendo um período conturbado em casa, procurando novos valores e uma filosofia de vida que a fizesse ter paixão pelas coisas à volta, Tereza achou que buscar a fé com fervor, isolando-se do mundo num convento, a ajudaria a compreender os mistérios e a diminuir a angústia e o vazio. Passou dois anos em regime de internato. Abandonou o convento pouco antes de prestar os votos finais de pobreza, humildade e castidade.

Numa manhã, um mês após seu filho ter nascido, Tereza dirigiu até o Convento da Misericórdia. Chegando lá, as freiras a encaminharam à madre superiora. Irmã Catarina a recebeu com seu habitual sorriso, dizendo estar feliz em revê-la. Juntas na capela, Tereza confidenciou-lhe suas intenções em relação à criança que carregava no colo. O sorriso de Irmã Catarina foi desaparecendo ao longo da conversa.

"Já não funcionamos mais dessa maneira", disse Irmã Catarina enquanto acariciava as mãos de Tereza. "Esta instituição enquanto orfanato deixou de existir. Não temos mais nenhuma criança aqui. Foram transferidas para outro lugar. O convento se resume apenas a um ambiente de recrutamento de futuras freiras, a um local de acolhimento, de ajuda aos menos favorecidos. Somos um lugar que prega a ordem instituída por Cristo."

"Mas pude ver a roda ao passar pelo muro". Tereza se referia a *roda dos desafortunados*, onde, no passado, bastava deixar a criança e girá-la. Ao ouvir o choro dos bebês e o soar do sino acionado pela roda em movimento, as freiras que ali moravam vinham buscar a criança.

"Sim, ela continua lá. Permanece no mesmo lugar como um símbolo, é a lembrança de uma prática que a instituição católica preferiu não mais levar adiante. Hoje entendemos que as crianças devem crescer tão somente ao lado de suas mães. Eu sinto muito!"

"O que eu preciso fazer para convencê-la?"

"Nada. Já decidi."

"É dinheiro?" Tereza pegou a carteira na bolsa e já ia tirando algumas notas, quando Irmã Catarina segurou bruscamente seu braço.

"Nem ouse, menina."

"Só por um mês. Eu prometo. Preciso fazer uma viagem ao exterior. Um trabalho importante que surgiu de última hora. Não tenho com quem deixar o menino. Não conseguiria uma babá, assim, de última hora."

"Não tenho condições de cuidar dele, Tereza."

"Em nome da nossa amizade. Por favor."

"Eu não sei", disse Irma Catarina observando carinhosamente o rostinho do bebê a despontar por entre a manta que o cobria.

"Um mês. Apenas um mês", insistia Tereza.

"Qual o nome da criança?"

"Francisco."

Horas mais tarde, Tereza deixou o convento de mãos vazias. Prometeu que viria buscá-lo dentro de um mês. Confiante que nenhum mal seria feito a Francisco enquanto ele estivesse sob a proteção do Senhor em sua Santa Casa, Tereza tinha um problema a menos para se preocupar.

* * *

Tereza só voltou ao Brasil cinco anos depois. Durante esse tempo, a novidade do trabalho, o reconhecimento pelas reportagens produzidas (a Guerra do Golfo, o fim da União Soviética, ECO-92 no Rio de Janeiro, o acordo de paz entre Israel e a Organização para a Libertação da Palestina, implantação do Plano Real no Brasil, terremoto em Kobe, no Japão), os prêmios, o aumento regular de salário, a renovação anual do contrato com o jornal, as vantagens de morar em Nova York, o casamento com um importante empresário do ramo de automóveis, a aquisição de cidadania americana, conservou em Tereza a serenidade e aplacou a saudade da sua terra e do seu filho. Quando pousou no aeroporto do Rio de Janeiro, soube que estava preparada para ter de volta Francisco, para contratar advogados a fim de legalizar a ida dele aos Estados Unidos e apresentá-lo ao marido, a quem nunca comentou sobre o filho de outro homem.

Eram nove horas, quando Tereza chegou ao Convento da Misericórdia. Um sorriso largo no rosto, o coração a palpitar, o desejo de rever seu filho e saber como seria esse reencontro. Tereza estava pronta para amá-lo.

Irmã Catarina abriu a porta com severidade. Desceu os três degraus que a separavam de Tereza e se pôs muito perto. Sem que nenhuma palavra dissesse, Irmã Catarina acertou um forte tapa no rosto de Tereza.

"Irresponsável", disse a freira.

Tereza levou a mão ao rosto. Sentiu gosto de sangue na boca. Não encontrou nada para dizer.

"Onde passou esse tempo todo? Sem avisar nada... Sem se importar com ninguém, comigo, com o trato que fez, com seu próprio filho."

Irmã Catarina segurou o braço de Tereza e a arrastou para o interior do convento. Por alguns metros, Tereza foi conduzida pelo longo corredor até chegarem ao quarto mais escondido daquele lugar. Como se fosse empurrada, Tereza se viu em poucos segundos num quarto escuro, silencioso, a contemplar a imagem de um homem que nunca vira antes. Viu também o berço do bebê ao fundo. O desconhecido era César Medeiros, um jovem de trinta e poucos anos, amigo de Irmã Catarina, médico, que a ajudou quando o bebê esteve próximo da morte.

"Quem é esse homem?", perguntou Tereza ao encarar, constrangida, o desconhecido ao seu lado. O médico tinha olhos pequenos, não desviava o olhar do chão. Sua timidez fazia sua presença ali ser um esforço sobre-humano.

"Essa não deveria ser a primeira pergunta de uma mãe. Mas esse termo não se aplica a você, logicamente." Irmã Catarina se colocou ao lado do médico e apoiou uma de suas mãos no ombro dele. "Antes de explicar certas coisas a você, menina, deixe-me dizer sem rodeios que seu filho por pouco não morreu."

Irmã Catarina hesitou ao ver Tereza dando-lhe as costas para se debruçar sobre as hastes do berço. O menino estava acordado, porém Tereza espantou-se com o que viu. Não parecia com o menino saudável que deixara ali tempos atrás. Alguma coisa estava errada. Aquela criança parecia defeituosa, doente. E havia crescido muito pouco nesses cinco anos. Dava a impressão de ter o mesmo peso e tamanho ao nascer.

"O que aconteceu? Fala logo!", gritou Tereza.

"Seu desespero não resolve nada. Aos sete meses, Francisco ardeu em febre por dias. Não sabia mais se ele gritava ou chorava. Sua moleira inchada no alto da cabeça, quase a explodir. O menino suava, seu rosto em brasa como se tomado de dores lancinantes. Dei analgésicos, banhos frios, chá de ervas. Mas nada domava a febre que continuava alta. Enfim, como você sumiu, me lembrei do meu amigo aqui, o médico César Medeiros. Mandei uma das freiras ao encontro dele. Foi um anjo que ajudou a melhorar as coisas."

"Pelos sintomas que observei tão logo cheguei, não foi difícil dar o diagnóstico", disse César. Aproximou-se do berço e, enquanto observava a criança, continuou. "Era meningite, uma infecção grave e que poderia matá-lo em questão de dias. Achei por bem levá-lo ao hospital e Irmã Catarina me acompanhou. Francisco ficou internado durante uma semana. Tomou os antibióticos recomendados e ficou em observação constante, até que a febre começou a baixar e o risco de morte diminuiu."

"Obrigada." Tereza olhou para Irmã Catarina e viu que ela chorava. Ao encarar o médico, ficou claro que ele tinha mais a dizer. Notou quando respirou fundo. "Tem algo grave a dizer, não é doutor? Meu filho vai morrer?"

"Seu filho não vai morrer, Tereza. Ao menos está fora de perigo, temporariamente. Mas infelizmente tenho uma notícia ruim: Francisco terá de conviver com uma sequela da meningite. No caso dele, irreversível."

"Meu filho..." Tereza pegou Francisco no colo. A cabeça dele sem firmeza, pendendo para um dos lados. Chorou. Se essa é a dor que as mães sentem quando estão diante da vulnerabilidade de seus filhos, ela não teve dúvidas de que o amava.

"Tereza, escute o que César tem a dizer." Irmã Catarina secava, com a palma das mãos, o rosto molhado.

"É preciso que ouça bem. É importante. O que Francisco tem hoje é uma espécie de paralisia cerebral. Ainda será necessária uma série de exames, inclusive com outros especialistas para averiguar a gravidade do problema."

"Como pode dizer que é paralisia cerebral?"

"Estou convicto de que exames adicionais irão comprovar a lesão cerebral."

"Pode fazer alguma coisa?" Tereza colocou Francisco de volta ao berço, observando com excruciante dor a aparência defeituosa daquela criança. "É possível curá-lo?"

"Como disse antes, para fazer um diagnóstico mais específico e escolher um plano de tratamento apropriado, vou precisar consultar outros especialistas, principalmente um neurologista."

"Ainda não me respondeu se pode curá-lo."

"A paralisia cerebral geralmente é uma condição de longa duração, ou seja, crônica, mas em geral não piora. Algumas crianças são severamente afetadas e têm dificuldades para o resto da vida. Ainda é cedo para esse tipo de avaliação. E tem mais uma coisa. Ao que tudo indica, Francisco parou de crescer. Demonstra apenas alguns traços de desenvolvimento: aprendeu a sorrir quando recebe cosquinhas, mas ainda não fala nem tem dentes."

Tereza olhou para a criança no berço. Seus sentidos todos em desordem, tentando pensar com a rapidez que a situação exigia. E agora? Contar a verdade ficaria muito mais difícil. A família tradicional de seu marido jamais aceitaria um bastardo nessas condições. Mas Tereza tinha de tomar uma decisão rapidamente. Em silêncio, Irmã Catarina e César esperavam por uma resposta.

"Não posso levar essa criança comigo! Não assim, com defeito."

"Sabe muito bem que não posso cuidar de Francisco, Tereza. Se a igreja descobrir, estou perdida."

"Não será para sempre, Irmã Catarina. Só por algum tempo."

"Mas quanto tempo mais você precisa para se tornar uma mãe responsável? Pelo amor de Deus, Tereza!"

"Meu marido é um homem rico. Jamais aceitaria uma mãe solteira com um filho doente."

"Você é perversa", disse Irmã Catarina levando as mãos à boca ao dizer.

"Não sou perversa. Vou dar a Francisco tudo o que merece, incluindo o melhor tratamento. Quero a cura dele. Então direi a verdade para meu marido e o tirarei daqui."

"Mas eu já disse que não posso ficar com ele." Irmã Catarina não tinha mais argumentos.

Percebendo-se no meio de uma discussão na qual não era preciso sua participação, César caminhou em direção à porta, mas foi interrompido por Tereza.

"Não vá ainda, doutor. Não terminei. Preciso da sua ajuda." Tereza abriu a bolsa e tirou de dentro dela um maço de dólares. Pegou no braço do médico e colocou as notas na palma da mão dele.

"Posso saber o que pretende fazendo isso?", perguntou César sentindo o peso do dinheiro.

"Quero apenas o silêncio de vocês dois."

"Pensa que pode nos comprar, menina?", perguntou Irmã Catarina, balançando a cabeça para ambos os lados.

"A partir de hoje, terei muito dinheiro. Isso não será um problema. Quero que você...", disse encarando o médico. "Quero que você cuide do meu filho, dê o melhor tratamento possível. Faça os exames necessários e contrate os profissionais que possam dar uma vida melhor para ele. Quanto a você..." Cravou seus grandes olhos em Irmã Catarina. "Também terá um bom pagamento que vai ajudar a manter não só este convento, mas todas as suas obras sociais. Só tem uma condição: guardar em segredo absoluto a existência do meu filho até que eu o venha buscá-lo de vez."

Por amor e não por dinheiro, a princípio, Irmã Catarina aceitou esconder no convento o pequeno Francisco. Sentia-se também responsável pela criança. César a confortou, após a saída de Tereza, dizendo que faria o máximo para ajudar. Ele se empenharia no tratamento. Por enquanto não falaria nada a ninguém.

* * *

Um mês depois, Tereza voltou ao convento.

Assinou dois cheques.

A freira cada vez mais apaixonada pela criança. A possibilidade caridosa de ajudar outras pessoas com aquele dinheiro.

O jovem médico absorvido pela vontade de curar a todo custo. Era jovem, tinha esperanças, queria deixar seu esforço registrado no prognóstico favorável de Francisco.

Meses depois, outros cheques em quantias mais elevadas.

Tereza se viu num estágio em que contar a verdade era perigoso, letal, arriscado demais.

Três anos depois, César diz a Tereza que os movimentos de Francisco estão mais comprometidos. Seus braços e pernas mais rígidos. Seu rosto mais contorcido.

César demonstra preocupação. Esclarece que Francisco necessita ser examinado por médicos mais experientes. A ciência deve tomar conhecimento do caso.

Tereza dobra a oferta mensal do médico para garantir que ele não conte a ninguém sobre o que acontece naquele convento.

Irmã Catarina acompanha com apreensão essas reviravoltas no caso de Francisco. Sente-se culpada e arrepende-se de tudo.

César se rende à segurança e ao prazer do consumo proporcionados pela grana acumulada mensalmente.

Tereza desiste de contar a verdade.

* * *

Era pouco mais de dez da noite, quando Tereza colocou Francisco de volta ao pequeno berço. Ele dormia. Momentaneamente, os pensamentos do passado dissiparam-se. Irmã Catarina bateu levemente na porta e a abriu. Tereza se virou e não gostou de ter visto, ao lado da freira, a imagem de um homem que passou a ver com menos frequência no decorrer dos anos. O médico César Medeiros se posicionou no interior do quarto.

"Boa noite, Tereza", disse César, com uma rouquidão na voz, típica dos fumantes.

"Temos algo a acertar?", disse Tereza, com rispidez. Não gostava de ninguém a interrompendo nesse momento único com o filho.

"Preciso falar com você." As mãos de César tremiam. Sua aparência era de um homem muito mais velho, com as costas arqueadas, como se carregasse as dores do mundo. Ao redor dos olhos vermelhos, havia grandes bolsas arroxeadas. A imagem bem diferente do jovem de vinte anos antes, disposto a curar aquela criança e a descobrir o mistério que a envolvia.

"Na semana passada mandei que depositassem o dinheiro em sua conta. Faltou alguma coisa? Quer aumento?"

"Não faltou nada."

"Então?"

"Será que pode deixar ele falar?", interrompeu Irmã Catarina. "Só pensa no seu dinheiro. Nas coisas que pode fazer com ele. É importante que você ouça. Essa história já foi longe demais, Tereza. Cale-se por um instante."

"O que quer, afinal?", disse Tereza, sorrindo com rigidez.

"Não posso mais." Ao dizer, o médico desabou na cadeira.

"O que você não pode mais?"

"Não tenho mais condições de continuar cuidando de Francisco."

"Mas não pode desistir." Há muito tempo Tereza deixou de ter esperança quanto à cura de Francisco, mas se deixasse o médico ir embora, sabe lá o que poderia dizer ao mundo, sem o pagamento pelo seu silêncio. De onde estava era possível sentir o cheiro forte de álcool. César não estava nos seus melhores dias.

"Entenda, Tereza. Não há mais nada que eu possa fazer por seu filho. Sozinho, não conseguirei mais."

"Estou começando a entender aonde quer chegar..."

"Precisamos expandir à ciência o mistério presente neste convento."

"Eu evitei isso por mais de vinte anos. Sabe muito bem o que penso a respeito. Não quero meu filho sendo alvo de pesquisas. E não é só isso. Francisco envolve segredos pessoais que destruiriam minha vida se fossem descobertos."

"Está sendo muito egoísta pensando desse jeito. Pense bem, Tereza. Francisco tem idade suficiente para dirigir um carro, cursar uma faculdade, ter filhos, no entanto, pesa apenas dez quilos e tem oitenta centímetros de altura. Está congelado no tempo. Francisco tem mais de vinte anos de vida, porém, com corpo e mentalidade de um garotinho de não mais de um ano."

"Isso não é novidade. A normalidade passou longe dessa vida. Não há mais nada a ser feito. Se não pode curá-lo, por que expor meu filho à mídia, aos curiosos? Não quero fazer parte desse espetáculo."

"Não estamos falando em cura. Estamos falando em benefícios para a humanidade. Se pudesse levar o caso a outros cientistas do Brasil e do mundo obteríamos novas pistas sobre o envelhecimento, sequenciando o genoma de Francisco, por exemplo, uma série de estudos mais detalhados confirmariam minha tese de que sua dificuldade em crescer tem ligação com genes mutantes."

"Sempre lhe paguei muito bem, César. Disso não pode reclamar."

"Talvez esse tenha sido o meu erro."

"Se arrepende?"

"Irmã Catarina tem razão. Parece impossível conversar com você sem a intromissão do seu maldito dinheiro."

"Foi esse mesmo maldito dinheiro que lhe proporcionou muitas coisas. Não sei como anda agora, a olhar para seu desleixo com a aparência, mas, durante muitos anos, você soube desfrutar muito bem do dinheiro que ganhou. Montou sua clínica, participou de vários congressos no exterior, comprou um bom apartamento, carros, livros que exibe em uma luxuosa biblioteca particular, enfim, tornou-se um médico prestigiado. E tudo graças ao maldito dinheiro que lhe dei."

"Mas hoje percebo que foi um erro. Não aguento mais carregar esse segredo, sabendo que poderia recorrer ao Conselho de Medicina, expor o caso e gerar proveitos para o restante da humanidade."

"Com esse seu discurso altruísta, sou a única egoísta aqui?"

"Onde quer chegar?" Em sua voz, era nítido o cansaço pelos anos de silêncio e por saber de antemão, desde que chegou, que seu debate com Tereza não iria resolver nada.

"Parece que todo o dinheiro que recebeu não foi suficiente. O seu ego quer mais. Esse era o meu medo, desde o princípio. Tinha dúvidas sobre até quando sua ambição iria deixá-lo guardar um segredo como esse, um caso de grande repercussão. Sim, porque você deve ficar imaginando o sucesso que iria ter, se apresentasse meu filho aos cientistas. Sairia nas capas das revistas de ciência, encabeçaria o grupo de pesquisa, daria entrevistas, cortaria Francisco em pedaços se fosse preciso para descobrir a porra de um gene que talvez nem exista e, enfim, ser laureado com um Prêmio Nobel. Essa é sua maior preocupação. Estou errada?"

Irmã Catarina sentiu necessidade de interceder.

"Tente não gritar, Tereza. Respeite seu filho, o meu lar e a morada de Deus. Essa conversa já foi adiada por muito tempo. Tem horas que chego a me arrepender de tê-la deixado entrar aqui naquela noite, mas o que está feito está feito, não há como fugir da realidade. E essa é a nossa realidade. Uma criança que deixou de crescer, guardada a sete chaves nesse convento, sob as proteções de um segredo que, queiramos ou não admitir, é alimentado pelo seu dinheiro. Sabemos das consequências para nós três, caso fossem descobertos todos os detalhes que envolvem Francisco. Por outro lado, está sendo duro demais, Tereza, continuar vivendo assim. É pesado ter de conviver com esse mistério sem nada fazer. É preciso um acordo. Urgente."

"Está enganada quando pensa assim a meu respeito, Tereza", disse César.

"Não desista, meu filho", interviu Irmã Catarina. "Conte a ela tudo o que me contou quando chegou aqui esta noite. Exponha seus argumentos."

"Seja breve", disse Tereza mordendo os lábios, olhando o relógio. Apesar de ter a convicção de que nada mudaria sua posição, ficou curiosa sobre o que mais o médico tinha a dizer.

"Pois bem." César levantou-se. Aproximou-se do berço, de modo a aumentar sua confiança. "Francisco pode ter uma mutação genética nos genes que controlam sua idade e seu desenvolvimento, por isso ele parece ter congelado no tempo. Ao comparar seu genoma, serei capaz de descobrir os genes e saber exatamente como agem e como podem ser controlados."

"Bobagem", considerou Tereza.

"Não é só isso." Ignorando o comentário fútil, César continuou seu discurso. "Tenho fortes motivos para lhe dizer que Francisco corre sérios riscos de morrer. E, indo além das grandes descobertas que poderiam ser feitas, essa é a minha maior preocupação, apesar do que você pensa a meu respeito." Repentinamente, Tereza ficou muda. Olhava para seu filho, que dormia despreocupado naquele berço aconchegante, parecendo tão distante de todas as desgraças que o rodeavam. Parecia-lhe que era um ser imortal.

Diante do silêncio, César precisava dizer tudo o que se propôs nessa noite. "Apesar de não estar crescendo, acredito que Francisco esteja envelhecendo. Em várias noites, já fui chamado aqui por Irmã Catarina devido às convulsões apresentadas por ele. Fora isso, tem também as dificuldades respiratórias, o que exige tratamentos mais adequados do que aqueles que são oferecidos neste convento. Creio que há partes do corpo do menino que já envelheceram, mas num ritmo mais devagar e de maneira diversa. Como expliquei, minha hipótese é de que Francisco tem alterações no gene ou nos genes que coordenam o modo como o corpo se desenvolve e envelhece. Se puder usar o DNA dele para identificar este gene mutante, então, juntamente com outros cientistas, farei testes sobre como retardar ou acelerar o processo de envelhecimento."

"Fala como se fosse Deus. Quer tornar o homem imortal?"

"Não busco a imortalidade, Tereza. Só acredito que, se minha hipótese for confirmada, a pesquisa irá sugerir novos avanços para problemas ligados à idade. Você é mais insensível do que pensei que fosse."

"Cuidado com suas palavras."

"Disse que seu filho pode morrer se não tiver um tratamento mais apropriado e tenho a sensação de não ter lhe causado nenhum efeito."

"Isso não é problema meu. Aliás, isso é um problema seu."

"O quê?"

"O médico aqui é você. É pago para guardar segredo e dar ao meu filho tratamento médico. Se quiser, posso pagar mais."

"Esqueça, Tereza." César balançou no ar a mão direita e aproximou-se da porta. Antes de sair, fez mais um desabafo. "Eu sabia, desde o início, que o final de nossa conversa seria esse. Não deveria ter vindo. Até mais, Irmã Catarina." Deu as costas e saiu em seguida, como se arrastasse os pés.

Após ficar sozinha no quarto, Tereza segurou Francisco no colo e sentou-se na cadeira ao lado do berço. Tinha em mãos tudo que era realmente seu, o que lhe pertencia por herança de uma tragédia. Sabia que a criança não viveria muito tempo. E essa sentença, ao invés de trazer-lhe o alívio que tanto almejou, perturbava-lhe ainda mais o espírito.

O olhar de Francisco era um mistério. Tereza se perguntava o que ele via. O que se passava na mente daquela criança? Sentia a sua presença? Sabia que ela era sua mãe? Que vinha lhe ver regularmente? Que o abandonara para morar em outro país? Que optou pelo silêncio em troca de um casamento promissor? Que em tantas noites imaginou que a morte do filho doente daria fim à mentira?

Nada disso importava.

O desejo contumaz de ver seu filho morto, não tão eterno quanto parecia, finalmente iria se concretizar. Em breve.

E era com essa condição que devia se acostumar. Fazer as malas, voltar aos Estados Unidos. Rever o homem com o qual decidiu viver para sempre, que aprendeu a amar ao longo dos anos de convivência. Levar a vida adiante. Adotar uma criança, talvez.

Tereza não sabia como seriam os anos seguintes à morte de Francisco. Não havia como saber. Saudade? Provável. Arrependimento? Nem tanto.

Restava somente uma certeza: Francisco seria, para sempre, um segredo.

O fogo da salvação

A intenção era matar apenas uma pessoa: Iolanda.
Ela morava no Morro do Vidigal e mantinha contato com um cafetão da Zona Sul, que alugava crianças para velhos empresários que gostavam de transar com novinhos.
Eu fui subjugado por esses homens na infância. Cada vez que voltava para casa com o forro da cueca sujo de sangue, jurava que a mataria.
Anos se passaram. Refiz minha vida. Mudei do morro. Arranjei um emprego de segurança de banco onde ganhava consideravelmente bem, mas continuei a visitar Iolanda. Queria que nunca morresse em mim o ódio que sentia por ela.
Numa das últimas visitas, observei, com absoluto desprezo, quando Iolanda arrastou seus mais de setenta anos até a cozinha, encheu uma caneca de alumínio com um café semelhante à água suja e, em seguida, colocou-a diante de mim. Absorvi o cheiro do café, mas me vi na impossibilidade de beber aquele líquido imundo. Permaneci envolvido no habitual silêncio que me governava sempre que a visitava. Iolanda também não fazia esforço algum para estabelecer um diálogo. Acostumada à solidão dos dias naquela casa miserável, a feição carrancuda da velha mulher demonstra-

va que já não tinha nenhuma ilusão de acrescentar sonhos ou projetos em sua realidade. Na minha presença, acendia um cigarro, bebericava seu café ruim, respirava fundo, fazia menção de dizer algo, mas, sempre que cravava seus olhos mortos em mim, as palavras fugiam para um espaço de difícil acesso. No mais, calava-se. Ignorava minha presença e fingia voltar para o seu mundo desabitado.

Iolanda já não oferecia perigo. Mesmo assim, eu a mataria. Nunca fizera perguntas ou se interessara por questões que diziam respeito ao meu cotidiano. Está certo que toda vez que a visitava eu molhava as mãos dela com uma boa quantia de dinheiro. Com o tempo, passei a observar que a ambição de Iolanda se resumia em seus velhos vícios: cigarros, café, chocolate, Roberto Carlos e novelas.

No dia em que a visitei pela última vez, trazia na mochila todo o material necessário: éter, um pedaço de pano, uma garrafa de álcool, uma caixa de fósforos. Bati com força na porta do barraco. Com um susto repentino, ouvi Iolanda resmungar qualquer coisa. Eu ainda podia desistir, pois a voz daquela mulher me trouxe desespero.

Mas não desisti, ainda que não pudesse dimensionar as duras consequências de meus atos. Estava sob o efeito de pó. Pensando bem, talvez não fosse tão pecaminoso assim matar alguém que merecia morrer. Livrar o mundo de pessoas ruins é uma obrigação da humanidade. Quando Iolanda abriu a porta, não tive dúvidas de que aquela mulher não faria falta alguma ao mundo.

"Vai ficar aí parado me olhando?", ela resmungou.

"Eu..." Fiquei mudo. Tentei falar qualquer coisa, mas logo percebi, com terror, que não havia me preparado para um diálogo. Queria logo entrar e fazer o que tinha de ser feito. Mas agora a mulher fazia uma pergunta. Responder o quê? Podia dizer que viera até ali para queimá-la dentro de sua própria casa?

"Só quero um copo d'água", eu disse, debilmente. Diante da desculpa infantil, Iolanda me encarou de um jeito desconfiado. "Posso entrar? Não vou demorar."

"Entre", disse ela a contorcer a boca.

Iolanda me deu as costas e eu a segui. Ela sumiu no interior da casa, me deixando perdido em meio a pensamentos de fogo e morte. Tirei a mochila das costas e a apoiei na pia. Minutos depois Iolanda pigarreou sobre meus ombros. Como se pego numa infração, eu a encarei com olhos arregalados.

"Que foi, homem?!" Iolanda tinha numa das mãos um cigarro aceso. "Tá com uma cara que parece ter visto o diabo."

Não respondi. Ela sorriu com deboche. Pegou um copo qualquer, sem se importar se estava limpo ou não, o encheu com a água de um filtro de barro meio esverdeado pela umidade e me ofereceu.

"Tome!" Ela me entregou o copo e sentou-se à pequena mesa no meio da cozinha.

"Obrigado!", gaguejei. Bebi um pequeno gole.

"Sente-se", ela disse descontraída, como se convidasse um amigo para conversar sobre futilidades. "Senta aí, rapaz!", insistiu em tom mais imperativo. "Quer café?" Eu nada disse. "Vou pegar um café pra você!"

Iolanda abriu a garrafa de café, que estava sobre a mesa, e encheu uma caneca. Ao menos perfumou o ambiente com um cheiro mais agradável. Aceitei sem resistir. No silêncio perturbador que se formou entre nós, Iolanda lançou-me um olhar de afeição. Quis acreditar que poderia existir, para além das maldades de anos atrás, um ser mais pacífico. Nesse curto espaço de tempo, uma onda de covardia me atingiu. Matar Iolanda seria negar a um indivíduo a possibilidade de mudança. Pensei seriamente em me levantar e ir embora sem dar maiores explicações. Porém, com o menino abusado ditando em voz alta, meus planos acentuaram-se dentro da minha cabeça.

Para que tudo dê certo, você tem de fazer a velha desmaiar.

Ergui-me da cadeira num salto. Minhas pernas tremiam. Dei as costas e tirei de dentro da mochila um pedaço de pano e um vidro. Ao ignorar o que Iolanda dizia, embebi o trapo com éter. Seria o suficiente para apagá-la. Meus dedos pareciam não me obedecer. Eu só pensava em ser rápido. Pulei com furor sobre Iolanda, que caiu ao encontro do chão. Pressionei o pano sobre o rosto dela, de forma a forçá-la a inalar o cheiro forte e inebriante do éter. Com um dos braços livres, ela esmurrou, com a mão aberta, o lado esquerdo do meu rosto. Tonto, desabei para o lado, parando próximo à parede.

Iolanda, já fragilizada e zonza, não conseguiu se levantar, enquanto eu levava as mãos ao rosto, num longo tempo para reagir. Buscando sair dali, a mulher começou a se arrastar pelo chão cheio de lixo. Buscava fugir e gritar por socorro, mas só conseguiu alcançar a soleira da porta. Sua voz fraca chegou a pronunciar algumas palavras, mas devido ao efeito do éter, o som era quase inaudível. Tateando a parede, levantei-me com pouca firmeza. Busquei primeiro recuperar a visão que, até então, não sei se por medo, por ansiedade ou pelo forte tapa, estava distorcida. Eu via tudo trêmulo e em duplicidade. Um tempo depois, avistei um pedaço de pau que ajudava a sustentar a pia. Puxei a madeira e a ergui por cima da cabeça. Não dava mais para retroceder. Acertei a nuca de Iolanda com uma paulada que a fez perder os sentidos no mesmo instante.

Para incendiar a casa você vai precisar somente de uma garrafa de álcool e de um fósforo. O que não falta naquele casebre é material inflamável. Uma só faísca e tudo irá pelos ares. Coloque o corpo no meio da sala, jogue o que encontrar por cima e ao redor, a estante velha de madeira, trapos. Um litro de álcool será o suficiente. Derrame sobre a pilha e, em seguida, risque um fósforo – apenas um – e jogue.

Usando pouca força, derrubei a estante com seus bricabraques por cima do corpo de Iolanda. Abri a garrafa de álcool e, em segundos, aspergi todo o conteúdo sobre aquele amontoado de entulhos. Não queria pensar que ali embaixo havia um corpo, embora fossem visíveis partes dele, como braços e pés a despontar sob a montanha de artefatos. Risquei o fósforo e deixei cair sob a pilha. Uma labareda logo surgiu. Pude ver os pés de Iolanda revirarem ali embaixo.

A imprensa e os bombeiros vão declarar que o incêndio não foi criminoso. Vão culpar os próprios moradores da comunidade, dirão que um curto-circuito deu origem às chamas. O importante é que saia rápido do local. É bom que ninguém te veja rondando a área.

Com os pés fixos ao chão, imóvel, não cumpri a última etapa de meus planos. Não fugi, seduzido pelo clarão das chamas que se espalhavam numa velocidade assustadora. Ouvi gritos. Ouvi vozes de gente pedindo socorro. Depois, mais vozes e passos de pessoas correndo desesperadas. Encarei novamente o barraco de Iolanda. Tive a impressão de ouvir vozes implorando por socorro vindo lá de dentro. Quase que, num impulso, fui ao encontro do fogo, mas o som da sirene dos bombeiros me despertou do transe. Não podia mais ficar. Quis correr em direção à saída principal do morro, mas certamente seria visto pelos bombeiros e por outros moradores que já vinham em direção ao foco principal do incêndio. Então me lembrei de uma ladeira que dava para uma mata isolada, um elevado que servia de refúgio para traficantes quando, uma vez ou outra, a polícia resolvia subir.

Enveredei-me pela ladeira íngreme sentindo as pernas pesadas, os passos arrastados e o suor frio a escorrer por todo o rosto. Quando alcancei o ponto mais alto – uma colina aberta com vista privilegiada –, contemplei o fogo ganhando território. Dois carros de bombeiros estacionaram o mais próximo que puderam. As mangueiras esticadas, direcionadas às labaredas imponentes deixavam claro o panorama real da situação: os homens não dariam conta de apagar o fogo. Moradores traziam baldes de água, insuficientes para diminuir as chamas. Acendi um cigarro. Sentado, minhas pernas e braços tremiam. Mesmo à distância, avistei o desespero nas mulheres levando as mãos ao rosto; nos homens carregando baldes de água em correria; nas crianças fitando o pouco que tinham ser destruído, conduzindo-as para um mundo de mais miséria.

* * *

Apenas Iolanda deveria ter morrido, mas foram encontrados dezesseis corpos carbonizados. Quatro crianças. Cinco mulheres. Sete homens. Iolanda, milagrosamente sobreviveu. Com 70% do corpo queimado, passou dois meses internada. Só descobri a ineficiência dos meus atos quando policiais invadiram minha casa para me prender. Ao se recuperar, Iolanda contou à polícia tudo que sabia. Perante o delegado, não contestei. Somente confessei, da mesma forma como fiz constar nesse depoimento que ora torno público, minha estratégia desajeitada de assassinato.

Aqui no hospital de custódia onde me puseram, minha outra mãe vem me visitar com frequência. Aquela que me abandonou e depois voltou. Ficou mais fácil distingui-las agora. Posso finalmente conversar com ela sem correr riscos de confundi-la com a outra, a que passou a ter no rosto marcas irreparáveis de queimadura.

Justiça

Ocupando lugar de destaque na primeira fila do auditório, Ester aguardava ser chamada para subir ao palco, colocar-se diante de mais de duzentas pessoas e assumir oficialmente o cargo de Presidente da Comissão de Direitos Humanos.

Teria de falar de improviso. De tão ansiosa que estava não conseguiu preparar na véspera seu discurso de posse. Imaginava que a tensão proveniente de tamanha responsabilidade fosse desvanecer gradativamente quando chegasse ao plenário, cumprimentasse os convidados, sorrisse para as fotos, mostrasse receptividade à imprensa. Mas, após cumprir os passos introdutórios do rito cerimonial, Ester sentia-se exasperada.

Cada vez que alguém tossia, mexia-se na cadeira ou passava a mão nos cabelos, ela prendia a respiração, na expectativa de que a qualquer momento um convidado gritasse que ela não era digna de assumir tal posição perante a sociedade. E mais, acusaria Ester de algo guardado em segredo por mais de quarenta anos. E se isso viesse a público, a brilhante carreira política de Ester seria destruída. Uma mulher que matou para fazer justiça não poderia estar à frente da Comissão de Direitos Humanos.

* * *

Com apenas dezoito anos, Ester jamais se esqueceria das agressões sofridas naquela noite. Dois rapazes bêbados a cercaram num dos becos escuros da favela, onde se enveredou na tentativa de chegar em casa mais cedo, após deixar o trabalho na lanchonete às dez horas da noite. Não devia ter optado por esse caminho ermo, pensou. Mas era tarde demais para voltar atrás. Assim que os viu, virou-se para correr. No entanto eles a detiveram, agarrando seu braço.

Os garotos riam e zombavam.

Rasgaram o vestido. Arrancaram sua calcinha.

Ester gritou por socorro, mas se calou assim que levou um soco no nariz e caiu, batendo a cabeça nas pedras. O lugar era isolado e escuro. A noite sem lua e o céu encoberto por pesadas nuvens deixavam o ambiente mais tenebroso. Ester sabia que, por mais que gritasse, seria um milagre caso alguém a escutasse. Tentou, inutilmente, afastar-se rastejando.

"Aonde a putinha pensa que vai?", disse um deles, agarrando-a pelos cabelos e puxando com força.

Ester, antevendo sua desgraça, tremia por medo do que pudessem fazer com ela. Precisava fugir, antes que o pior acontecesse.

"É dinheiro que vocês querem? Toma. Pega a minha bolsa. Podem levar tudo."

"Cala a boca, piranha", disse um deles, após acertar o rosto de Ester com outro soco.

Desorientada, piscou várias vezes no intuito de recuperar os sentidos. Sangue começou a escorrer de seus lábios imediatamente. Se ficasse desacordada seria muito pior; aqueles desgraçados se apropriariam brutalmente do seu corpo. Assim, no auge do desespero, tentava se manter alerta de modo a resistir usando a pouca força que ainda restava. Porém, nesse instante, sua visão estava turva. Só enxergava uma densa névoa e dois vultos a rodeá-la, feito demônios.

Ester arrastava os pés descalços no chão, cada vez mais nervosa e consciente do seu destino. Terrivelmente fraca e trêmula, os esforços para se desvencilhar dos braços alheios eram inúteis. Seus olhos encharcados pelo sangue que escorria dos supercílios quase não se abriam.

Um dos rapazes penetrou Ester com ferocidade até gozar. Pouca importância deu ao fato de ela ser virgem, de que guardava esse momento para desfrutar com alguém especial, de que fosse carinhoso, de que não tivesse pressa, de que a beijasse enquanto arremetia para dentro dela, de que alisasse seus cabelos, que gozassem juntos, de que esquecessem da passagem do tempo, abraçados, deitados numa cama quente, confortável, aconchegante e bem diferente do chão frio, cheio de bichos, de pedras, com cheiro de lixo em que ela estava agora, rendida, entregue.

"Vamos fuder o cu dela", insistia o mais velho deles.

"Já chega, cara. Vamos embora. Deixa a garota ir", dizia o que tinha acabado de levantar as calças ajeitando o cinto.

"Tá com medo, cuzão?"

Ester procurou se concentrar nos sons que vinham das fortes trovoadas, dos relâmpagos e das rajadas de vento enquanto a viraram de costas, pressionando sua cabeça contra o chão de terra.

"Por favor, eu imploro, não façam isso. Por favor, não."

O rapaz ignorou seus pedidos de clemência. Ester sentiu uma dor tão forte que pensou que fosse morrer. Mais sangue escorreu entre suas pernas. Foram várias estocadas até ele gozar.

Raios riscaram o céu, seguidos de trovoadas que anunciaram a tempestade que caiu na sequência.

Os agressores dispersaram quando a chuva começou, deixando Ester abandonada, nua e deitada sobre a lama. Emitindo gemidos de dor, ergueu-se devagar, apoiando as mãos no chão. Catou o vestido e se cobriu com dificuldade. O tecido molhado e alguns rasgos quase não cobriam sua nudez. Na boca, acentuava-se o gosto de terra e sangue. Entre as pernas, um ardor contínuo. Em seguida, com passos trôpegos, caminhou com lentidão.

Por conta da visão turva e a chuva contínua, Ester não sabe explicar ao certo como conseguiu chegar em casa naquela noite. Assim que entrou e fechou a porta, desabou num choro compulsivo. Solange, sua madrasta, surgiu na sala a encará-la com olhos arregalados e reagiu à cena com espanto.

"O que aconteceu com você?"

Ester nada disse. Chorava sem trégua. O rosto adquirira uma expressão aterrorizante, dado os cabelos caídos junto à face, tapando parte dos olhos. Em dias comuns, ignoraria a presença de Solange, mas hoje, invadida por uma dor lancinante em todo corpo, Ester apenas balbuciou algumas palavras incompreensíveis em meio a lágrimas e ranho.

"Dois homens me agrediram."

Ao dizer, quase se jogou nos braços da madrasta. Chegou a dar um tímido passo a frente, mas, tão logo o fez, Solange cruzou os braços como se prevenindo de uma atitude que não seria capaz de sustentar.

"Isso não é o fim do mundo."

"Eles me estupraram." Foi o único momento em que Ester parou de chorar, abrindo mais os olhos para se certificar de que Solange estava realmente entendendo a gravidade da situação. Porém, o que viu foi um desprezo que a feriu ainda mais.

"Já estava mais do que na hora de você perder a virgindade."

Ester abaixou a cabeça. Sentia-se tonta. Novamente ouviu a voz de Solange:

"Mais dias ou menos dias, isso ia ter que acontecer. Venha. Vamos acabar logo com isso", disse Solange, pegando num dos braços de Ester para arrastá-la com brutalidade até o banheiro.

Retirou o vestido rasgado sem muito apego. Em seguida, a empurrou para debaixo do chuveiro. Sem reação, Ester ficou paralisada sob a água gelada que servia ao menos para ajudar a diminuir a queimação entre as pernas.

"Só saia daí quando estiver limpa. Não vai querer que eu te lave, né?!"

Ester sabia que Solange não iria além daqueles gestos. Agradeceu, enfim, por poder ficar sozinha. Tão logo ouviu sua madrasta bater a porta do banheiro, sentou-se no chão frio. Sentia-se desapropriada de seu próprio corpo, invadida, entranhada por uma sujeira que, por mais que se lavasse, nunca estaria limpa de fato.

Lentamente, massageou o corpo com um pedaço de sabonete. Todo ele doía. Seu rosto também ardeu, quando a água tocou os lábios e acima dos olhos. O piso amarelo do banheiro era tomado por matizes de vermelho. Seu mundo de novas perspectivas e esperanças havia ruído de novo.

* * *

No dia seguinte ao estupro, Ester foi despertada pelas cutucadas de Solange em seu ombro.

"O que você quer?", perguntou, sonolenta. Os olhos ainda fechados.

"O dono do morro quer te ver".

"Não quero falar com ninguém. Diga pra ir embora."

"É melhor você se apressar. Tem dois capangas aí fora pra levá-la à fortaleza."

"O que ele quer?", perguntou Ester, ao abrir os olhos.

Da última vez em que foi conduzida coercitivamente até a fortaleza do dono do morro, foi para ser informada que a morte de seu pai na cadeia tinha sido um aviso. Nas palavras dele, gente fraca que abre o bico pra polícia não merecia morar no morro, muito menos permanecer viva.

"Ele já sabe." Solange abriu a pequena janela, deixando a luz do sol entrar.

"O que contou a eles?"

"O dono do morro sempre sabe de tudo que acontece em seu território. Não seria preciso eu contar. Uma hora ou outra acabaria descobrindo."

"Não gosto desse homem nem daquele lugar. Tenho medo que ele queira me fazer algum mal."

"Não seja idiota. Se quisesse acabar com você já o teria feito há muitos anos, quando o imprestável do seu pai falou demais. Agora vá até lá e fale com aquele infeliz."

Ester não poderia fugir desse encontro. Os capangas do dono do morro não arredariam o pé dali, enquanto ela não saísse de casa. E pior: se perdessem a paciência, arrombariam a porta e a levariam à casa do chefão do tráfico arrastada pelos cabelos. Teria de enfrentá-lo. Sentou-se na cama, prendeu os cabelos num rabo de cavalo, calçou as sandálias, arrastou os pés até a porta e se pôs a seguir os dois homens de caras amarradas e portando fuzis pendurados em diagonal, à frente do corpo.

Ester subiu várias ladeiras, andou por corredores estreitos, subiu inúmeros degraus, passou por dentro de casas de estranhos até alcançar, na área mais alta da favela, a casa do dono do morro, conhecida mais precisamente por "fortaleza". Na porta de entrada, havia mais homens armados fazendo a segurança do lugar. Ao encará-los, Ester não captou olhares de revolta ou ímpetos de violência como da primeira vez. Viu nos olhos vermelhos e no rosto queimado de sol daqueles homens expressões de condolências e de piedade.

Ao se colocar diante do dono do morro, sentado numa poltrona de couro à guisa de trono, Ester sentiu o peso opressor da lei que ainda vigorava naquele lugar esquecido, onde a polícia não entrava e a qual muitos moradores deviam se submeter para resguardar a própria vida e o direito de morar ali.

"Você cresceu, menina."

"Por que mandou me chamar?"

"Sei exatamente o que aconteceu. No morro, Ester, temos nossas próprias maneiras de fazer justiça. Aqui julgamos e aqui condenamos. Não admito roubo, violência ou assassinatos cuja ordem não tenha partido de mim. Sei de todas as coisas que ocorrem em cada pedaço desse morro. Tenho olheiros espalhados por aí e muita gente leal pra me trazer qualquer tipo de informação. Meus homens pegaram os dois que abusaram de você e eles estão bem aqui".

Em instantes, os dois rapazes foram trazidos. Estavam com os rostos machucados, nariz e a boca sangrando. Com os pés entrevados, caminhavam num equilíbrio precário. Cortes superficiais na barriga e nos braços eram visíveis.

Ester cerrou os olhos com força. A acareação com seus algozes trouxe de volta fragmentos da noite anterior. Não somente as lembranças ruins, mas também as dores espalhadas por todo o corpo e o ardor sem fim entre as pernas.

"Abra os olhos, Ester. Abra bem os olhos. São esses os filhos da puta?"

"Sim. São eles."

"Que comece o julgamento, então."

"Me deixe ir embora", balbuciou Ester.

"Não sairá daqui antes de decidir, Ester. A palavra final é sua."

Os dois rapazes tremiam o corpo inteiro.

"O que você quer de mim, afinal?", ela perguntou.

"Veja bem: eu posso expulsá-los da favela, botá-los pra correr só com a roupa do corpo. E eu te garanto que nunca mais colocarão os pés aqui. Mas, no meu entendimento, eles merecem punição muito maior. Porém, você, como vítima, tem o direto de escolher. O que me diz?"

Naquele momento, Ester não pensou em direitos humanos, em julgamentos clandestinos na favela, na lei do mais forte. Sentia raiva. Muita raiva.

"Faça o que você quiser, o que achar melhor ser feito."

"Rapazes, podem matar os dois."

Ester deu as costas à matança. Desabou no chão, tapou os ouvidos e fechou os olhos para não testemunhar as consequências daquele julgamento. Os gritos e as descargas de tiros foram ouvidos como se estivessem explodindo dentro da sua cabeça. Quando as armas cessaram, restou o cheiro de pólvora, de carne queimada, e o som dos últimos lamentos daqueles dois jovens. Em sua boca, sobressaiu o gosto de lama e de sangue.

* * *

Três meses depois, Ester pesava suas opções antes de bater na porta da clínica clandestina de aborto. A morte dos pais, a madrasta imprestável, o estupro, a falta de dinheiro, um bebê que não conseguiria amar sabendo de onde veio. Mesmo que levasse a gravidez adiante, não tinha condições de sustentar um filho. E Solange jamais admitiria um novo integrante na família. Detestava criança e seria capaz de matar para ter sossego em casa.

Ester tinha conhecimento de que estaria amparada pela lei, caso optasse por fazer um aborto. Leu sobre isso numa revista e recordava-se também de ter discutido o assunto em sala de aula. Optou por não ser submetida à humilhação de explicar a policiais e a médicos, detalhadamente, o horror da violência. Como mulher, seria árduo e penoso dar voz às lembranças que só queria esquecer. Detestaria reviver aquele momento.

Foi então que Solange, persistente em seu discurso de que uma criança a mais naquela casa seria o inferno para as duas, trouxe à tona a possibilidade de Ester procurar Dona Nenê, a velha enfermeira aposentada que mantinha dentro da favela uma clínica clandestina de aborto. Protegida pelo tráfico, a quem Dona Nenê repassava boa parte dos lucros, a clínica funcionava livremente, recebendo mulheres de vários pontos da cidade.

A poucos metros da porta de Dona Nenê, Ester lamentou que o pai tenha sido tão idiota. Se ainda estivesse vivo, não deixaria que ela abortasse. Ester chorou por dias quando ele morreu, mas jamais se conformou pelo fato de ele ter se rendido às ilusões de fortuna do tráfico. Lamenta que não tenha acreditado quando ela disse que daria um jeito de ajudá-lo no momento em que perdera o emprego de porteiro num hotel de luxo. Lamenta que tenha aceitado a tarefa de atravessar a fronteira da Colômbia e trazer, escondidos na carroceria de um caminhão, vários pacotes de cocaína. Uma operação da Polícia Federal interceptou a carga assim que entrou em terras nacionais. De lá ele foi direto para o presídio, onde confessou o crime. Ester lamenta ainda que tenha sido tão ingênuo ao fazer delações em troca de diminuição da pena e ter achado que ficaria por isso mesmo. Bandidos receberam ordens para liquidá-lo dentro da cadeia.

E, além disso, deixou como herança para Ester uma mulher que se apossou da casa como se fosse dona, que nunca o visitou na cadeia, que o incentivou ao crime, que dizia que iria abandoná-lo caso continuasse sem emprego e sem dinheiro. Foi Solange quem convenceu o dono do morro a dar-lhe uma chance, mesmo que todos o achassem fraco e bondoso demais para se comprometer com os "serviços".

"Por que não ficamos só eu e você depois que mamãe morreu, pai?"

Um erro que nunca pôde ser corrigido, admite Ester. A beleza de Solange o enfeitiçou. Ele dizia que Ester merecia ganhar uma mãe. Mas ela não queria outra mãe. Bastava apenas a que a vida lhe deu e que a tuberculose matou, quando Ester tinha somente seis anos.

O pai nunca reconheceu a péssima escolha de se apegar a alguém que não contribuía com as despesas, que batia em Ester na sua ausência, que deixava que os moleques do tráfico a vissem nua em troca de algum dinheiro. Ela o traía com vários homens; algo que era do conhecimento de todos os moradores. Por uma única vez, Ester tentou alertá-lo das maldades de Solange, mas recebeu um tapa tão forte na cara que jurou não mais se intrometer.

Minutos antes de bater à porta de Dona Nenê, Ester se perguntou novamente o que estaria fazendo ali, se havia tomado a melhor decisão. E antes que pudesse desistir, a velha porta de madeira rangeu e escancarou-se. Surgiu diante dela uma senhora de setenta e poucos anos, cabelos grisalhos, com um lenço encardido amarrado na cabeça.

"Eu esperava por você", disse Dona Nenê. "Não se preocupe, filha. Uma criança que deixa de nascer, nenhuma falta fará ao mundo."

Ato contínuo, pegou na mão de Ester e juntas entraram na casa.

Aplausos trouxeram Ester de volta ao presente. Sorriu em retribuição aos olhares voltados para ela, ergueu-se lentamente e, sentindo-se segura de novo, caminhou em direção ao palco. Ao se posicionar atrás da tribuna para ajeitar o microfone e cravar seus olhos no público, Ester teve a certeza de que nada podia lhe atingir. Não era preciso temer mais coisa alguma.

Seus olhos de azeviche

Ao receber a notícia da morte de papai, senti alívio. E remorso. Fugi para o andar superior da casa, tranquei-me no quarto e chorei em silêncio, com o travesseiro contra o rosto. Sofri intensamente com o conflito de sentimentos tão díspares a me abater. Alívio, remorso e tristeza alternando-se, incessantes.

Papai morreu nove meses depois de ser diagnosticado com um tumor no esôfago. Durante esse período, fomos obrigados a admitir, exasperados, que o câncer se alastrara para além das fronteiras do corpo. A metástase não é limítrofe ao organismo. Avança feito névoa densa, impondo à rotina um peso extra, insuportável, vertiginoso. Passamos a orbitar ao redor da doença, uma espécie de estrela incandescente que se alimenta da desgraça e do desamparo refletidos em nossos olhares doentios.

Eu já não aguentava mais viver num lugar adoentado, cheirando a remédios. Nossa casa estava sempre cheia de visitas perguntando as mesmas coisas, fingindo preocupação, repetindo frases que pareciam retiradas de um velho livro de autoajuda: "Deus sabe de todas as coisas", "Temos que ter fé", "Um milagre sempre pode acontecer", "Gostei de vê-lo hoje, nem parece doente".

Mas ninguém é capaz de suportar por muito tempo a áurea de decadência imposta pela aparente presença da morte. Amigos e familiares acabam se afastando, perdendo-se em promessas vãs de "pode contar comigo".

Eu também fugiria para bem longe, se pudesse. Muitas vezes, desejei a morte de papai, que aquilo tudo acabasse rápido. Que nossas vidas pudessem recomeçar, não importando o quanto estivéssemos destruídos.

E quando meu pai sucumbiu, foi como se o cansaço e o desassossego tivessem desaparecido ao mesmo tempo, aliviando a pressão, nos tirando a responsabilidade de continuar acreditando numa cura que nunca vinha. O doente morre e acontece uma trégua, ainda que momentânea. Não há mais nada a ser feito. Acabou. A vida deveria seguir. Assim eu queria crer, de maneira a diluir o remorso diante do alívio que a morte de papai trouxe. Eu tinha apenas doze anos e ninguém com quem conversar sobre a dualidade dos meus sentimentos.

O enterro de papai marcou em mim a dificuldade de trocar de roupa para ir ao cemitério. Eu chorava tanto que me sentia esgotado. Eu jamais havia sentido tamanha dor incapacitante. O constrangimento por me sentir aliviado, quando deveria estar triste e com saudade, ajudou a tornar a situação ainda mais difícil. O medo de ser descoberto no instante em que mamãe olhasse com atenção meu rosto e constatasse que minhas expressões não transmitiam o sofrimento de um filho que acaba de perder o pai. Tive de sair correndo da capela duas vezes, para vomitar no canteiro de flores.

O padre disse algumas palavras, leu um pequeno trecho bíblico, espargiu água benta sobre o caixão lacrado. O cortejo seguiu mansamente até a cova. Havia chovido pela manhã e o céu continuava carregado de nuvens escuras. Presumi que os coveiros não tiveram dificuldade para cavar o buraco. A terra úmida cheirava a esterco. Cravei meus olhos no caixão, para não imaginar no que possivelmente o corpo de papai se transformaria naquele imenso jardim de humanos, onde o que se planta nunca mais nasce.

Tento não pensar em meu pai a partir de seus piores momentos. Alcoólatra, foi internado duas vezes num hospital psiquiátrico com crises severas de alucinação. Perdeu os pais ainda criança, vítimas da tuberculose. Morou em casas de estranhos, forçado a trabalhar muito cedo nas lavouras de tomate para ter direito à comida e a um canto para dormir. Era, apesar de tudo isso, um homem amistoso que, mesmo bêbado, nunca usou de violência. Acredito ter herdado dele a melancolia, a aparente calmaria, o andar cabisbaixo, a timidez que se desfazia logo após o primeiro copo de cachaça, os cigarros que fumo até hoje. Os livros. Papai lia muito. Era incrível como o mesmo homem que operava máquinas numa fábrica de refrigerantes pudesse chegar em casa, cansado, já anoitecendo, e mesmo assim, depois de tomar banho e fazer café, sentar-se em sua poltrona para ler clássicos da literatura, que, naquela época, eu não tinha conhecimento para avaliar o quanto eram significantes. Muitas vezes fiquei sentado aos seus pés, calado, admirando-o.

Não é necessário recorrer a sessões de análise para entender que, enquanto seguro um livro, bebo café, acendo um cigarro, sozinho em casa, estou tentando replicar aquela imagem de papai, impenetrável, protegido, iluminado por uma luz difusa, inalcançável, amparado pelas palavras. Passarei a vida tentando, inutilmente, resgatar a lucidez daqueles momentos ao lado de papai, lendo livros que faço questão de tê-los comigo. Dostoiévski, Camus, Cioran, Céline, Nietzsche, Carver, Cheever. Lima Barreto era seu autor preferido. O hospício, as alucinações provenientes do álcool, o escritor à margem, tudo isso, de certa forma, aproximava-o de Lima Barreto. Sinto que desperdicei várias oportunidades de questioná-lo a respeito desses livros. Nunca o vi conversar com mamãe sobre literatura. Seu apreço pelas palavras permaneceu inconfessável, mas tenho certeza de que ele teria muito a dizer, caso fosse dado a chance de manifestar suas impressões.

Certa vez, papai me levou a uma feira de rua, no Dia das Crianças, com a intenção de me dar um presente. Disse que eu podia escolher o que quisesse. Paramos em frente à barraca de brinquedos. Ele, ao meu lado, silente, a me observar, fumando seu cigarro, enquanto eu perscrutava com meus olhares a aquarela de cores, ávido por levar para casa tudo que conseguisse carregar. Mas papai disse só um. Apenas um.

Quando me deparei com uma lousa mágica, rosa, onde se podia escrever com uma caneta especial e depois apagar milagrosamente para escrever de novo, infinitas vezes, meu coração acelerou. Era aquilo que eu queria de presente. Mas não era tão simples. A lousa mágica, ornada de ursinhos coloridos, era um brinquedo de menina. Hesitei. Olhei para papai, que me encorajou com um sorriso. Eu não podia decepcioná-lo, não no dia especial em que tiraria do orçamento uma quantia considerável para gastar comigo.

Apontei para os carrinhos que corriam numa pista em forma de oito. Papai pagou e voltamos para casa. Bastou avistar mamãe e desembrulhar o presente, para que eu começasse a chorar de soluçar. Eu ainda pensava na lousa mágica. Tentei não decepcionar papai, mas em lugar de sorrisos de felicidade, o que pude oferecê-lo foi uma torrente de lágrimas. Incrédulos, papai e mamãe entreolhavam-se, sem saber o motivo da minha tristeza.

Mais um segredo. Entre tantos.

Exceto agora. Nossa advogada recomendou que não houvesse segredos, que fôssemos o mais honestos quando escrevêssemos a carta à juíza responsável pelo caso.

Sara, a garotinha por quem lutamos pela adoção, veio passar um fim de semana conosco. Última fase de um rito processual que se arrasta por longos meses. Um teste de habilidade paterna.

Está dormindo na cama, ao lado da escrivaninha, de onde posso vê-la.

Tem seis anos e não vê problema em ter dois pais.

Eu e Tiago, depois de dez anos juntos, decidimos aumentar a família. Não fazíamos ideia do quão penoso seria. Sara nos chamou atenção, desde a primeira troca de olhares. Sorriu assim que nos viu.

Na carta, deveria expor os reais motivos da adoção (como se o amor pudesse comprovar-se dessa forma), nosso desejo por filhos, nossas boas intenções, além de reforçar nossa conduta exemplar. Eu, médico. Tiago, cabeleireiro. Casa própria. Estabilidade financeira. Salários acima da média. Saudáveis. Faltava apenas um filho.

Mas só consigo pensar em papai. Na sua morte. No quanto sofri com sua ausência.

Daqui a pouco, Tiago vai dizer que o jantar está pronto. Perguntará sobre o texto, tarefa a qual me confiou por acreditar que escrevo muito melhor que ele.

Sara acorda.

Seus olhos de azeviche brilham na semi-escuridão do quarto.

Desisto do texto. Apago o que já escrevi.

"Prefiro morrer a voltar para aquele lugar", papai me disse, na noite em que voltou do manicômio. Sem entender direito o teor de tal declaração, surpreendeu-me o fato de ele ter me confidenciado parte de sua intimidade.

Morreu pouco tempo depois.

Tiago bate na porta e põe a cabeça dentro do quarto. Quer que provemos a massa e o molho especial que aprendeu a fazer num programa de culinária.

Lanço à Sara um sorriso. Ela retribui com outro sorriso, oferecendo-me toda a coragem que preciso para enfrentar a audiência no dia seguinte. E trazer nossa filha definitivamente para casa.

Distantes

Eu amava a princesa Diana. Eu tinha doze anos. Eu não podia contar a ninguém que amava a princesa Diana. Meninos não podem ser princesas.

Meu irmão idolatrava Romário e Bebeto. Falava abertamente sobre futebol durante o jantar. Eu, calado, sentado à mesa, engolia a comida junto com meus segredos. Ambos entalados. Descendo com bastante dificuldade pela garganta.

Chorei sozinho em meu quarto, quando a princesa Diana morreu em Paris. Meu irmão comemorava na rua a vitória do seu time de futebol. Meu pai bebia no bar. Minha mãe passava roupa na sala, enquanto assistia ao Jornal Nacional: *"Toda a Inglaterra está perplexa. Muitos levaram flores e rezaram em frente aos portões do Palácio de Buckingham."*

Que tragédia, meu Deus!, ela disse.

Que tragédia!, resmunguei.

Decidi desenhar vestidos por causa de Diana. Também devido a Oscar de La Renta, Karl Lagerfeld e Yves Saint Laurent.

Meu irmão não se tornou um jogador de futebol.

Papai ainda dorme no sofá aos domingos, após o almoço.

Mamãe me liga ao menos uma vez por semana para dizer que sente minha falta. Dez anos longe é muito tempo.

Só consigo dizer que pretendo visitá-los no Natal, ainda que eu não tenha forças nem vontade para cumprir a velha promessa.

Ela pergunta se está frio.

Digo que, em Londres, parece ser inverno o ano todo.

Tchau, filho!

Tchau, mãe!

Na infância, havia apenas o silêncio entre nós.

Agora, existe também a distância.

Vivo ou morto?

Com olhos cansados eu redigia o relatório do último paciente da agenda, quando Beatriz bateu na porta e a empurrou. Trabalhando comigo há mais de uma década, Beatriz estava visivelmente constrangida. Seu rosto trazia uma expressão de angústia por conta de algo que, sabia de antemão, estragaria não somente aquele dia, mas todos os outros que se seguiriam. Ela ficou a me perscrutar em silêncio por um tempo demasiado longo, de modo a tornar irritante aquele suspense repentino.

"É melhor o senhor ligar a televisão", ela disse, enfim, muito séria.

Algo me dizia que se Beatriz resolvera interromper minhas anotações ao invés de aguardar pacientemente em sua mesa até que eu apagasse a luz e me despedisse, era porque o assunto sobre o qual queria falar devia ser muito importante.

"O que houve?", perguntei, tirando os óculos e pousando-os sobre a mesa ao lado do caderno, sem deixar de notar a cor pálida de seus lábios finos e crispados.

"Prefiro que o senhor mesmo veja".

Levantei-me, sem pressa, enchi a caneca de café e liguei a televisão.

"Qual canal, Beatriz?"

"Qualquer um. Não falam de outra coisa."

Sorvendo pausadamente o café, apoiei-me na mesa. Pensei logo que se tratava de mais uma tragédia no mundo. Bem longe daqui, do outro lado do planeta. Um novo tsunami na Ásia, um grande terremoto no Japão, o desaparecimento de um avião comercial no céu da Rússia, um navio que naufraga próximo à costa grega e mata centenas de refugiados sírios. A modernidade trouxe a repetição das tragédias: homens-bomba, aviões que caem, prédios que desabam, a natureza tentando reocupar seu lugar.

Mas quando a imagem de uma freira surgiu na tela, discursando diante de dezenas de microfones, entendi a urgência de Beatriz em vir me contar sobre a tragédia. Bem perto de mim e não do outro lado do mundo.

"Com licença", disse Beatriz. Em seguida, retirou-se.

A legenda do noticiário na GloboNews dizia: Comitê de Ética da Santa Casa de Misericórdia decidirá sobre o destino de paciente em coma há mais de cinco anos.

"Velha miserável", resmunguei com desgosto.

Eu não podia acreditar na audácia daquela mulher. Vir a público falar de um assunto que me dizia respeito, sem sequer me consultar.

Aumentei o volume da televisão.

"Reitero que convoquei o Comitê de Ética do Hospital para iniciar uma discussão. No decorrer de cinco anos, o paciente não evoluiu em seu estado comatoso. Continua vegetando e sobrevive apenas por meio de intervenções médicas extremas. A vontade de atenuar os sofrimentos deste homem a qualquer custo nos esgotou."

"Não diga isso, sua bruxa." Eu falava em voz alta, como se ela pudesse me ouvir. "Não se manifeste em nome da minha equipe. Eu deveria estar ao seu lado agora, contestando todas essas suas palavras horríveis."

"Não há evidências de manifestação da consciência." Irmã Fátima, de oitenta e poucos anos, continuava a discursar com mansidão, sem gaguejar, apoiando-se na tribuna improvisada diante da fachada principal do hospital. Usava a mesma vestimenta de sempre: o hábito preto cobrindo a cabeça e o corpo, com um escapulário pendendo de seu pescoço. "Alguns médicos acreditam que o paciente em questão vegeta e que o abrir e fechar esporádico dos olhos, assim como os movimentos oculares, são apenas reflexos involuntários de possíveis descargas elétricas causadas por pequenas convulsões, mas que não incidem em causa relevante para admitir que está consciente." Assim ela encerrou seu pronunciamento.

"E até o momento não conseguimos contato com o chefe da equipe médica responsável pelo paciente, o neurologista Daniel Soares, para prestar maiores esclarecimentos sobre o caso. Continuaremos tentando até o fim desta edição."

Ouvir meu nome sendo dito com arrogância pela âncora do jornal me deixou com mais raiva ainda. Desliguei a televisão.

"O telefone não para de tocar, senhor Daniel", disse Beatriz, ao abrir novamente a porta e pôr só a cabeça para dentro da sala.

"Não atenda, Beatriz. Por favor, não atenda. Deixe-o tocar".

Peguei minha pasta, o celular, a chave do carro e o paletó. Tinha pressa de chegar ao hospital. Ainda que muitos colegas duvidassem, eu acreditava que dentro daquele corpo imóvel, semimorto, havia uma consciência ativa, intacta, querendo se comunicar. E agora, mais do que nunca, eu precisava comprovar isso.

"Está indo para o hospital?"

"Sim. Essa mulher não pode simplesmente passar por cima de mim como acabou de fazer."

"Cuidado com a imprensa. Já devem estar acampados em frente ao hospital."

Chovia fraco quando deixei o consultório. Cheguei a me molhar um pouco durante a corrida até o estacionamento. A chuva aumentou assim que saí com o carro e peguei a avenida principal. E como era de se esperar, o trânsito parou e me vi preso num engarrafamento, debaixo de chuva forte, de raios e de trovões. Minhas mãos suavam e eu as apertava com força contra o volante. Os limpadores de vidro dançando diante de meus olhos também me irritavam. Inutilmente, eu buzinava, mas o máximo que eu avançava eram poucos metros a cada três ou cinco minutos.

Na faculdade de Medicina ninguém prepara você para enfrentar a perda de algum paciente. Os professores se empenham apenas em frisar a missão dos médicos de prevenir, de curar e de salvar vidas. Para os profissionais da saúde, a morte é vista como erro ou fracasso. No entanto, desde que me formei, vi mais gente morrendo do que sobrevivendo a diversos tipos de enfermidade.

A realidade é bem diferente de quando somos jovens, sonhadores, sentados num banco da universidade, prontos para ir a campo e utilizar nosso conhecimento.

*** * * ***

Há cinco anos, enquanto tomava o primeiro café insípido e insosso da manhã, ao término do plantão médico, meu celular tocou. Era Irmã Fátima querendo saber se eu continuava nas proximidades do hospital. Disse que sim ao mesmo tempo em que olhei no relógio de pulso. Eram sete e dez da manhã. Já havia feito a última revista aos pacientes e, sem anormalidades, passado o plantão para outro colega. Irmã Fátima me pediu que não fosse embora, pois estavam removendo para a Santa Casa um paciente com suspeita de lesão cerebral e, provavelmente, precisariam da minha ajuda como neurologista. Eu estava cansado, querendo chegar em casa o mais rápido possível, tomar uma ducha e dormir. Três horas mais tarde eu deveria estar em sala de aula, pois, além de médico, era também professor universitário. Mas jamais negaria um pedido como aquele. Disse a ela que podia contar comigo.

Não demorou nem dez minutos para que a sirene da ambulância que trazia o doente ressoasse no pátio do hospital. Eu e dois enfermeiros fomos acompanhar a remoção. Numa passada rápida de olhos, enquanto o tiravam de dentro da ambulância com todo o cuidado, eu atestaria o óbito apenas por aquela primeira análise visual – o rosto cadavérico cheio de feridas, o mau cheiro, os olhos cerrados, a sujeira entranhada nos cabelos, a tez pálida.

Enquanto avançávamos às pressas pelos corredores, o médico da ambulância me explicou rapidamente que o paciente já havia passado por outros dois hospitais, mas em nenhum deles foi possível chegar a um diagnóstico conclusivo para explicar a paralisia corporal e respiratória. Como a Santa Casa de Misericórdia possuía equipamentos mais modernos e eficazes, foi solicitada a sua transferência. Eu gostava de desafios. E esse caso chamou minha atenção desde o início.

Eletrocardiograma: sem alterações.
Exames laboratoriais: todos normais.
Radiografia do crânio: normal.
Tomografia computadorizada do cérebro: normal.
Nenhum tumor cerebral.
Nenhuma lesão vascular.
Mantêm-se vivo porque respira com a ajuda de um aparelho mecânico.
Uma sonda gástrica conduz alimento ao estômago.
O soro injetável evita a desidratação.

Pernas e braços completamente paralisados, impossibilitado de realizar qualquer movimento voluntário a não ser fechar e abrir as pálpebras e movimentar os olhos conjugadamente no sentido vertical e horizontal. Acredito que seus olhares desesperados em alguns momentos demonstram sinais de preservação da vigília e do conteúdo da consciência, apesar do coma aparente.

Considerando o quadro passei a trabalhar com a hipótese principal de Síndrome de Locked-in – também conhecida como Síndrome do Encarceramento –, que se caracteriza basicamente por tetraplegia, mutismo e paralisia facial. Em paralelo, eu não descartava o diagnóstico de Esclerose Lateral Amiotrófica ou então tratar-se-ia de um caso raro de mutismo acinético ou coma vigil. Muitas possibilidades, mas nenhuma certeza quanto à doença e ao tratamento mais adequado.

* * *

Eu tinha quase cinquenta anos naquela época. O problema é que, depois de todo esse tempo, nada se alterou no quadro clínico do paciente.

Mesmo assim, apesar de todos os prognósticos contrários, eu o acompanho quase diariamente desde que chegou ao hospital. O que Irmã Fátima pretende fazer vai de encontro aos meus princípios médicos. Não foi para isso que me formei.

Para passar o tempo em meio ao engarrafamento, liguei o rádio. Comentaristas opinavam: "A questão está fora do alcance da ética médica. Alguns ativistas declararam que os médicos envolvidos neste caso deveriam ter o diploma cassado. A freira deveria ser levada a julgamento pela Igreja Católica e jogada na cadeia. O assunto necessitava chegar ao Papa e ao Supremo Tribunal Federal."

Em seguida, ouço novamente a voz de Irmã Fátima:

"Os ativistas se referem à vida em primeiro lugar, mas convenhamos que não há dignidade nenhuma em viver assim."

Irmã Fátima se preparou bem. Sabia que seria metralhada com perguntas do meio acadêmico e jurídico, sem contar os grupos de direitos humanos. Não seria fácil enfrentá-la.

Quando enfim cheguei, a entrada principal estava lotada de jornalistas e de vans de várias emissoras de TV e, por isso, tive de estacionar a alguns metros do hospital. A chuva tinha dado uma trégua. Antes de sair do carro, inspirei profundamente e me preparei para a enxurrada de perguntas que viriam.

Bastou eu me aproximar do hospital para que uma repórter da GloboNews me reconhecesse e se pusesse na minha frente, bloqueando a passagem. Como eu podia supor, outros jornalistas e cinegrafistas vieram correndo, apontando na direção do meu rosto seus celulares, gravadores, microfones e câmeras. Com tanta gente gritando ao mesmo tempo foi impossível entender as perguntas. Pedi calma repetidas vezes e somente quando o falatório diminuiu, eu disse:

"Peço que entendam, mas por enquanto não tenho nada a declarar. Tomei conhecimento do assunto agora há pouco e estou, acreditem, tão surpreso quanto vocês. Vim para entender melhor o que está acontecendo. Tão logo esteja a par dos próximos passos, transmitirei as informações em primeira mão. Com licença, senhorita."

Pus a mão no ombro da jornalista e a afastei para o lado sem usar muita força. Identifiquei-me e o guarda abriu o portão, apenas o suficiente para que eu pudesse me esgueirar por ele.

Na metade do caminho, parei e olhei para o alto. Irmã Fátima encontrava-se na janela do seu gabinete, observando-me. Provavelmente, iria recolher-se aos seus aposentos, um quartinho pequeno nos fundos da capela do hospital, somente depois de me receber. Eu a encarei por algum tempo e voltei a caminhar depois que nossos olhares se cruzaram.

A Santa Casa de Misericórdia assemelha-se muito a um convento. Dentro dele transitam a mesma quantidade de freiras e de médicos. Foi apropriado pela Igreja Católica no início do século passado para abrigar doentes, mendigos e loucos que ocupavam as ruas. O prédio é uma imponente construção erguida bem no meio da metrópole, com pé direito alto e dois andares.

Subi as escadas que davam para a portaria pulando de dois em dois degraus. Ao alcançar o átrio principal, um pátio circular coberto por uma claraboia de vidro, fui fulminado por olhares desafiadores e interrogativos de todos que ocupavam aquele espaço: médicos, freiras, enfermeiras, recepcionistas, faxineiros, pacientes na sala de espera.

Mediante o meu silêncio, lutando para não deixar transparecer o medo e as incertezas, receberam-me calados, com sutis gestos de cabeça que não pude interpretar a que se referiam. Por não ser segredo a determinação com que eu cuidava do paciente que repentinamente virou a sensação midiática do momento, o mínimo que esperavam de mim era uma atitude firme, sensata e equilibrada.

Ao invés de seguir para o gabinete de Irmã Fátima, tomei a direção contrária. Sempre que chegava ao hospital, eu passava primeiro no quarto do paciente sem nome e mais enigmático da minha história médica. E assim fiz. Irmã Fátima podia esperar mais alguns minutos.

Abri a porta do quarto e avistei a enfermeira Clarice ao fundo, sentada numa cadeira ao lado da cama. Senti-me aliviado ao vê-la. Para minha sorte, ela estava de plantão nessa noite. Tão logo me viu, veio ao meu encontro e me abraçou.

"Não está com medo de encarar a velha freira?", ela perguntou quando nos afastamos. Sorriu meio sem jeito na tentativa de amenizar a tensão.

"Como está o nosso paciente?", perguntei em tom monocórdio, mas sem lançar mão da esperança que, invariavelmente, acompanhava-me sempre que buscava saber se houve alguma progressão significativa.

"Tudo em ordem."

"Ou seja, nada relevante."

"Continua do mesmo jeito."

Clarice é uma das seis enfermeiras que se revezam em plantões de doze horas para cuidar dele: enxugar a baba que escorre continuamente do canto de seus lábios frouxos, trocar a fralda, mudá-lo de posição na cama, alimentá-lo pela sonda, dar banho. Eu a considero minha melhor amiga no hospital. Aprendi a gostar dela a partir da parceria no trabalho e depois a trazendo para o convívio pessoal. Além da extrema dedicação ao paciente, temos em comum as marcas da profissão no corpo: a pele macerada, o estômago corroído por café, o estresse acentuado pelo excesso de efedrina que nos mantêm alerta durante os plantões de madrugada.

"Você sabia disso?", perguntei, desviando meu olhar para o rosto apático do paciente.

"Claro que não. Acha mesmo que não te contaria caso soubesse?"

"O que você acha do pedido de clemência para o nosso paciente? Será que ela busca popularidade? A essa altura?"

"Acho a discussão pertinente."

"Se bandeou para o lado da chefe agora?"

"A velha freira não tem intenção de cometer nenhum assassinato, mas trazer à tona um debate científico e filosófico sobre o assunto. E você já sabe o que dizer a ela?"

"Não. Só sei que estou com muita raiva."

"Então se acalme um pouco. Não é bom conversar com a cabeça quente. Vou aproveitar que você chegou e vou buscar um café. Quer?"

"Não, obrigado. Pode ir com calma. Eu fico aqui enquanto isso."

Clarice deixou o quarto e eu me aproximei um pouco mais da cama do paciente, cuja origem, identidade e familiares até hoje ninguém conseguiu descobrir. Sabe-se apenas que foi abandonado para morrer num casarão ao pé das montanhas, ao lado de uma mulher que já estava morta quando os bombeiros chegaram. Cogitou-se a hipótese de crime passional: a mulher cometeu suicídio e, por saber que era um lugar longínquo, afastado de tudo, o homem inerte na cama também morreria com o passar das horas. Uma história trágica que alimentou o imaginário da população nas primeiras semanas. Mas depois a imprensa esqueceu o assunto e o que era mistério ou trama de filme de suspense desintegrou-se na memória do povo. Coube apenas a nós, médicos e enfermeiros, cuidarmos dele.

Esse homem apareceu justamente num momento em que a minha vida estava uma bagunça, totalmente desorganizada. Andava bebendo demais e abusando da morfina. Eu tinha assumido que era homossexual e subitamente dei adeus a um casamento de mais de vinte anos. Mudei-me para um apartamento pequeno e passei várias noites chorando, bêbado, lutando para não me arrepender da decisão de me assumir para a família.

E foi então que o paciente enigmático surgiu, após um plantão noturno. Trouxe não somente o desafio de um diagnóstico, mas também a descoberta de algo que até então eu nunca havia sentido por ninguém.

Eu esperava conhecer o amor por meio de uma pessoa viva. Quer dizer, completamente viva. Se não fossem seus olhos claros iridescentes a me encarar, de vez em quando, com extremo vigor, eu poderia atestar que tenho diante de mim um defunto.

Passei a ter vontade de vir ao hospital desde que ele chegou aqui. Acompanhar pessoalmente, não apenas orientando enfermeiros e fisioterapeutas, mas estudando variáveis que poderiam se aplicar ao caso e descartando outras prováveis doenças.

A tese de Irmã Fátima – e argumento central em sua ideia de trazer a discussão a público – é que manter esse homem conectado a máquinas e rodeado de profissionais é desperdício de recursos humanos e materiais que poderiam estar sendo mais bem aproveitados com quem realmente tem chances de sobrevida.

Não seria egoísmo da minha parte mantê-lo vivo em virtude do bem que me traz? Qual médico nunca sonhou em ficar famoso com uma descoberta científica, receber o Nobel de Medicina?

"Já se perguntou se esse homem não quer morrer?", Irmã Fátima me disse em nossa última conversa, há dois dias. "Garanto que se pudesse se comunicar, ele pediria a morte".

Quem dera eu tivesse a coragem de expor a ela minhas reais motivações. Eu não saberia mais viver sem contemplar aquele rosto pálido, angelical, sereno, transmissor de tamanha paz. Não me confundam com um necrófilo. Não, por favor, não me julguem. Não tenho interesse em obter gratificação sexual por meio de cadáveres. Meu desejo não ultrapassa o prazer de desfrutar de sua companhia, de admirá-lo em segredo.

"Sinceramente, não consigo enxergar nada de sagrado nisso", Irmã Fátima admite. E completa: "O que eu me pergunto é até quando o hospital pretende ir com essa mentira? De que adianta manter o doente preso neste estado tão deplorável?"

Uma jovem freira bateu na porta e entrou no quarto.

"Doutor Daniel."

"Sim", respondi.

"Já estão todos reunidos e esperando pelo senhor."

"Todos?"

"Irmã Fátima, o Diretor-Geral, um representante do Comitê de Ética, a assessora de imprensa e o advogado da instituição."

O Diretor-Geral é o psiquiatra Patrício Lisboa. Faz tempo que ele não se dedica a atender para cuidar da gestão do hospital. A freira é apenas uma autoridade representativa por se tratar de uma instituição religiosa, digamos assim.

É ela quem responde perante os órgãos públicos por tudo o que acontece. E nenhuma decisão é tomada sem o seu consentimento.

"Onde eles estão?", perguntei.

"Na sala de reuniões."

"Diga que estou a caminho".

A arapuca tinha sido armada, pensei, surpreso. Se uma conversa apenas com Irmã Fátima já seria difícil, imagina debater o assunto diante de seus asseclas. Precisaria redobrar a atenção, ficar alerta. Eu não estava mais no controle da situação. E detestava quando isso acontecia.

Clarice chega ao quarto trazendo um copo de café fumegante. Ela diz alguma coisa enquanto se debruça na janela, mas não presto atenção. Estou apenas a admirar aquele rosto isento de expressões. Bruscamente, ele abre os olhos. E pela primeira vez, considerando os pontos debatidos nos últimos dias, interpreto aquele olhar como um pedido de eutanásia vindo de alguém cansado de esperar pelo fim.

Seria fácil entrar numa hora em que não estivesse mais ninguém ali dentro, desligar os aparelhos e decretar a morte por falência múltipla dos órgãos. Emitiria o atestado de óbito e daria por encerrado o caso. Ninguém questionaria a legitimidade do meu parecer.

O problema era a tristeza que eu sentia ao pensar numa possibilidade de despedida definitiva. Não era tão simples assim. Mas o que esperar de um amor (ou pseudoamor) assim? Dias a fio (quantos?) ao lado de um homem que carrega na tez pálida e na inércia dos movimentos a condição de morto, imaginando inúmeras possibilidades, caso descobrisse a cura e ele viesse a abandonar essa cama maldita. Não tenho resposta. Estou perdido. Sei que, independente do que seja decidido nos tribunais, e se algum dia acreditar que, por amor, está na hora de dar fim a essa história, serei eu e não outra pessoa a desconectar o corpo desse homem dos aparelhos que o mantêm preso a esse hospital e a mim.

Despeço-me de Clarice.

Vejo o paciente fechar os olhos novamente.

Saio do quarto e vou em direção à sala de reuniões.

O enterro dos ossos

Eu não queria ser o último a morrer. Enterrar toda a família não é um privilégio. Quem lamentaria a minha morte agora? Os meus companheiros de asilo? Eles sequer têm força para uma caminhada de dez minutos no jardim. E nem os considero tão íntimos assim, a ponto de pensar que estariam dispostos a abrir mão do sono da tarde para acompanhar o meu velório, chorando não porque sentiriam a minha falta, mas por saberem que seriam os próximos da fila.

Juro que tento pensar o mínimo possível na morte, mas vejam só o que me aconteceu: ontem recebi uma carta da administração do cemitério onde estão enterrados meus pais e meus irmãos, informando que, dentro do prazo de apenas dez dias, deveria transferir seus restos mortais para outro local, em virtude do encerramento de suas atividades.

Ora, se tem cabimento uma história dessas. Pra mim, o cemitério era a última morada. Depois de enterrado lá, não havia para onde ir. Morreu, acabou. Agora, vinham me dizer que os mortos teriam de fazer um passeio, mudar de casa, ganhar novos ares, e que eu teria de arcar com as despesas. Façam-me o favor!

A carta dizia ainda que um abaixo assinado dos moradores dos prédios vizinhos ao cemitério fez com que o Ministério Público, após anos de debate e recursos, decidisse pelo fim dos enterros na região. E mais: os cadáveres ali sepultados deveriam ser realocados. A responsabilidade dessa tarefa, incluindo os pagamentos correspondentes, seria dos descendentes, seguindo uma linha de sucessão. Sairiam as sepulturas para dar lugar a um projeto de reflorestamento do terreno. Os vizinhos, ricos, reclamavam do mau cheiro e da visão funesta que eram obrigados a se deparar diariamente de suas janelas.

Não preguei o olho a noite inteira e nem consegui tomar o café da manhã. Desde quando cemitérios encerram suas atividades? Nunca soube de caso semelhante.

O que esperavam que eu fizesse? Que eu, aos noventa e dois anos, fosse atrás de outro cemitério? Ou então esperam que eu alugue um caminhão de mudança a fim de transportar os ossos para dentro do meu quarto e os ajeite num canto qualquer para servir de peças de decoração?

Eu nunca pensei que teria esse tipo de aporrinhação. Quando decidi vender meus bens e me mudar para esse asilo, eu só queria sossego para morrer em paz. Faz três anos que estou aqui. Minha aposentaria é suficiente para pagar a mensalidade de um quarto individual e o plano de saúde. Os funcionários me tratam bem e a comida é boa. De vez em quando, dou uns trocados a mais a um deles e eles me levam a uma livraria ou ao café. Gosto desses lugares mais tranquilos, ler um bom livro e saborear um café expresso são alguns dos prazeres que ainda é possível obter da vida. Adoro vinho também, mas o médico pediu para evitar devido a quantidade de remédios que sou obrigado a tomar.

É remédio pro coração, pro colesterol, pra memória, pra pressão alta, pra dor de cabeça, pros ossos, pros músculos. E pra dormir. Principalmente, pra dormir. Se eu fosse investir em algo hoje, com certeza seria numa farmácia. O que tem de gente se entupindo de remédio hoje em dia nem se fala! Gente nova, inclusive. Que toma remédio pra acordar, pra dormir, pra engordar, pra emagrecer. Farmácia, sim, é um bom negócio. Aqui no bairro mesmo, a cada dois passos você dá de cara com uma. Se pudesse recomeçar eu não passaria anos dentro de uma sala de aula.

Agora o que é que eu vou fazer, meu Deus? Não tenho ninguém a quem recorrer. Tá tudo morto. Parentes, amigos, outros professores da minha época. E quem, em sã consciência, me ajudaria depois de ouvir um pedido tão absurdo como esse? *Olha, será que não tem um espaço sobrando na sepultura da sua avó ou da sua mãe, não? É só pra colocar os ossos da minha família, que está momentaneamente desalojada. Garanto que não darão trabalho nenhum. Não é por muito tempo não. Apenas até eu encontrar outro lugar pra acomodá-los?* Eu me sentiria envergonhado de fazer um pedido desses a quem quer que fosse.

Busquei na internet o telefone de alguns cemitérios da região e comecei a ligar. Na terceira chamada, o encarregado pela administração de um deles me disse que tinha, sim, terreno vago, onde futuramente poderia ser erguido um mausoléu que caberia toda a minha família em criptas individuais. Ouvir aquilo me deixou em paz por alguns segundos. Ainda mais por que o sujeito, de nome Mateus, me informou que, enquanto a construção não estivesse pronta, os ossos seriam guardados em total segurança numa espécie de cofre, um gavetão. Gavetão foi o nome que ele usou. Cofre é o termo que julguei mais adequado. Eu estava bem mais sossegado até esse ponto da conversa, mas foi só ouvir o valor que seria cobrado, para fazer o coração palpitar mais forte.

Ocorre que não seria possível delegar a ninguém a responsabilidade pelo traslado e enterro dos ossos. Mateus, porém, me assegurou que iria comigo ao antigo cemitério, junto com um advogado que ele mesmo contrataria para acompanhar a exumação dos corpos e que ajudaria na emissão de toda a papelada necessária. Daí voltei a ficar mais alegrinho. Porque sempre me aborreceu essas questões burocráticas e essas idas e vindas ao cartório. O alívio total veio quando Mateus me disse que *poderia, sim, claro, com toda certeza,* parcelar em até dez vezes e que aceitava cheque. Combinamos então de nos encontrar no início da tarde lá no cemitério. Aquele que em breve seria uma praça, embora eu quero ver qual a mãe que deixará seu filho brincar tranquilo nas areias do parquinho depois de saber que, naquelas terras, muitos corpos foram devorados pelos vermes. Mas isso já não era problema meu. O que tinha de fazer agora era ir até lá e tirar meus pais e meus irmãos daquele canteiro de obras.

Liguei para o Wilson, um dos motoristas que prestavam serviço no asilo, levando um de nós, velhinhos, para resolver qualquer coisa na cidade. Tinha outros, mas eu gostava do Wilson porque ele era jovem de dar inveja, bonito, simpático e possuía o agradável hábito de sorrir o tempo todo.

Aquela espécie de sorriso que te abraça, capaz de comovê-lo devido a espontaneidade e por ser visivelmente de bom grado, sem pedir nada em troca. Meu pai dizia que pessoas assim são mais confiáveis. E podendo escolher entre estar com um homem feio ou um bonito, é logico que eu optaria pelos bonitos. Beleza nunca cansa.

* * *

"Tá pensando em ser enterrado antes da hora, seu Antenor?", disse Wilson, sorridente, assim que entrei no carro, me acomodei no banco da frente e indiquei a ele o nosso destino.

"Não é nada disso", tratei de esclarecer, sem deixar de achar graça do comentário. "Ainda não chegou a minha hora, Wilson, apesar de que sonho, com frequência, que estou morrendo. Por enquanto, tenho vencido. Ressuscito todas as manhãs."

Rimos juntos. Ele ligou o carro, eu coloquei o cinto e não demorou para que pegássemos a estrada. Eu gostava de viajar sempre na frente para ter a sensação de que dirigia. Era gostosa a sensação do vento batendo no rosto, os cabelos ralos esvoaçantes.

Wilson ficou quietinho, concentrando-se no trânsito. Assim eu podia pensar mais tranquilamente nessa loucura. Ter de enterrá-los de novo. Só os ossos agora.

Por ser o filho mais velho de uma família de quatro irmãos, era de se esperar que eu morresse primeiro, mas um por um eles foram morrendo, invertendo a ordem natural das coisas.

Júlia, a caçula, deu início à escalada de mortes. A menina mais doce que já conheci. Não era uma doçura fingida, forçada. Era doce de tanta ternura e graça. Deixou a família despedaçada quando partiu. O avião em que viajava para Paris caiu no Atlântico. Seu corpo nunca foi encontrado. Tinha só vinte e dois anos. A viagem fora presente de formatura de papai. Júlia seria uma ótima psicóloga.

Eu estava com trinta e cinco anos, homossexual enrustido que adiava constantemente o momento em que revelaria aos pais e aos irmãos a respeito de minha sexualidade. Contei primeiro para o João, meu irmão, que me encorajou a dizer o quanto antes. Segundo ele, era muito provável que eu passasse a me sentir mais leve e, consequentemente, mais livre. Eu vinha me preparando para contar a todos quando Júlia morreu. Ensaiava em frente ao espelho e sabia que teria de ser direto na confissão, um tiro certeiro e rápido sem volta num almoço de domingo, com toda a família reunida. Mas tive de sacrificar a verdade em razão do luto. Todos sofriam e calar-me, ao menos por alguns dias, seria a opção mais sensata. Acho que, no fundo, respirei aliviado por saber que essa conversa que eu tanto temia havia ganhado um novo tempo para acontecer, ainda que a duras penas.

Enterramos nosso pai um ano depois. Os médicos atestaram que sua morte se deu em decorrência de um infarto fulminante. Eu diria que foi desgosto. Nunca se perdoou pela morte de Júlia. De vez em quando à mesa, chorando, dizia que se não tivesse dado a ela aquela viagem, sua filha ainda estaria viva. Por mais unidos que fôssemos, nossa companhia nunca foi o bastante para aliviá-lo do peso da culpa.

João, o irmão que nasceu logo depois de mim, meu protetor, que me acolheu em sua casa assim que revelei a mamãe que eu era gay, morreu de câncer de próstata. Eu teria dado a minha vida se de alguma forma pudesse ter poupado a dele.

Mamãe reagiu da maneira que eu esperava ao saber da minha orientação sexual. Natural que ela precisasse de um tempo para processar a informação. Nasceu em outra época, criada numa família religiosa, mente fechada para conceitos modernos, presa há um tempo em que as diversidades, todas elas, não eram toleradas. Apesar disso, não acreditei quando a ouvi me expulsando de casa, gritando, com a cara vermelha, não me dando chances de dialogar ou de reverter sua decisão. Mamãe foi taxativa quando disse: *Arrume suas coisas e saia já dessa casa.*

João e sua esposa me deram abrigo. João abraçou-me da forma que eu acredito que um pai abraçaria seu filho em situação semelhante. Eu queria morar para sempre naquele abraço. Tanto ele quanto sua mulher, Roberta, me disseram que eu poderia ficar ali, com eles, até que as coisas se acalmassem entre mim e mamãe.

Foi preciso minha segunda irmã Conceição morrer para que eu e mamãe nos aproximássemos de novo. Suicídio. Para mamãe era inadmissível que a filha mais amada, mais estudiosa, que fazia intercâmbio no exterior, pudesse ter optado pela morte. A desistência de Conceição significava que havia falhado como mãe e como ser humano, ela me confessou, anos mais tarde, admitindo que me aceitar novamente em casa naquela época foi a maneira que ela encontrou de se redimir perante Deus e à própria vida. Não queria falhar de novo. Não me queria longe. Aceitou-me homossexual, o filho que ela amava incondicionalmente.

No fim, sobramos eu e mamãe. Juntos. Na mesma casa. Envelhecendo. Cuidei dela até sua morte. Mamãe ficou muito debilitada nos últimos meses de vida. Fiz o que caberia a um filho fazer. E não tenho nenhum arrependimento quanto a isso. Dei comida em sua boca. Dei banho, esfregando cada dobra de seu corpo com cuidado e afeição. Troquei suas fraldas, dei os remédios nos horários certos. Lavava os lençóis em que ela dormia. Penteava seus cabelos e pagava uma manicure para fazer suas unhas toda semana. De vez em quando a levava à praia para ver o mar e pegar um pouquinho de sol. Fiz a minha parte. Amei mamãe sem ressentimentos. Assim como amei meu pai e a cada um dos meus queridos irmãos.

Agora, eu voltava aquele cemitério para tratar de enterrá-los novamente. Ainda que faltassem os ossos de Júlia, cujo corpo foi incinerado pelo acidente, a morte, essa entidade misteriosa, uniria a todos nós quando eu finalmente morresse.

Se tivesse escolha, não gostaria de ter sido o sobrevivente da família. A sensação é de ser deixado para trás, abandonado. A gente chega num ponto em que a vida cansa. Envelhecer é cansativo. E solitário. É ainda mais angustiante quando você é o último herdeiro da memória de uma família inteira. Quando eu morrer não haverá mais quem possa se lembrar de nossa família. E também não haverá mais ninguém para se lembrar de mim.

* * *

Faltando ainda mais dez minutos de estrada para chegarmos ao cemitério, pedi que Wilson parasse no posto de combustíveis logo adiante, alegando urgência de urinar. E precisava mesmo. O remédio para controlar a pressão arterial me obrigava a ir ao banheiro praticamente de meia em meia hora. E precisava também de um lugar onde pudesse ficar sozinho por alguns instantes.

O carro saiu da pista principal, deslizou sobre o cascalho e parou próximo as bombas de gasolina. De um lado, nos fundos, ficava a lanchonete meio sujinha e largada, e, do outro, uma construção de alvenaria com portas de madeira que indicavam ser os sanitários, pois acima de cada uma delas estava escrito, numa pintura desbotada, *masculino* e *feminino*.

Eu disse a Wilson que enquanto ia ao banheiro, ele podia comer qualquer coisa ou tomar um café. Seria por minha conta. Ainda brinquei que o lugar não era dos melhores, mas faria bem esticar as pernas. Ele assentiu com a cabeça. Acrescentei que não iria demorar muito, que não se preocupasse comigo.

O banheiro estava imundo, com aquele cheiro forte de urina, o cesto lotado de papel higiênico, o piso sujo de terra e de marcas de sapato. Não fosse a necessidade, daria meia volta e procuraria outro lugar.

Eu tentaria ser rápido.

Primeiro mijei.

Depois, tranquei a porta e tirei, de dentro do bolso do casaco, um vidro com trinta cápsulas de seconal, o suficiente para matar uma pessoa em quarenta minutos.

O seconal é um barbitúrico que, no caso de uma superdosagem, pode ser letal. Eu sabia disso porque o médico fez questão de me explicar quando me receitou pela primeira vez para tratar a insônia. Um comprimido por dia, apenas, frisou o médico, um comprimido por dia. No rótulo, em letras grandes, escrito na famosa tarja preta: *o abuso deste medicamento pode causar dependência*. A cada trinta dias, o médico me passava uma receita de um vidro.

Fiz amizade com um dos atendentes da farmácia onde sempre compro meus remédios. Disse a ele que estava disposto a pagar até o dobro se pudesse me vender um vidro a mais de seconal, além do prescrito na receita. Ele aderiu facilmente ao esquema. Farmácia são pontos de venda de drogas, como quaisquer outros, só que legalizadas. Passei, então, a guardar comigo, escondido na gaveta, um vidro extra de seconal para ser usado caso fosse desenganado pela medicina ou num momento de desespero. Eu tinha muito medo de sofrer num hospital, assim como minha mãe padeceu. Detestaria ficar prostrado sobre a cama, entubado. Passei dias e dias ao lado de mamãe, o bastante para conhecer bem a rotina de um hospital, com seus equipamentos apitando, o cheiro de remédio, a descrença de melhora no olhar dos médicos em oposição às suas palavras de esperança que não convenciam ninguém, a pressa dos enfermeiros, a falta de empatia de muitos, e sei o quanto me afetaria essa forma antecipada de morrer, ainda mais já não tendo ninguém da família para me acompanhar.

Lavei o rosto, olhei meu reflexo no espelho oxidado acima da pia. Meus olhos cansados sabiam que não havia mais nada me esperando. Nada que justificasse continuar. Com o que mais haveria de se preocupar um homem na minha idade depois de enterrar sua família pela segunda vez?

Quem nunca pensou em morrer para acabar com a dor? Ainda que não saibamos nada sobre a morte e quais seus supostos benefícios, reina em nosso imaginário uma espécie de sono apaziguador que possa dar cabo de todo sofrimento.

Acredito que o suicídio seja incompreensível porque, para nosso inconsciente, somos todos imortais. E nunca será fácil ver alguém que, em pleno exercício de liberdade, dá fim à própria existência.

Alguns minutos depois, lavei meu rosto de novo e, dessa vez, evitei o espelho. Voltei para o carro, onde Wilson já me esperava com seu costumeiro sorriso. Esforcei-me para sorrir de volta, tentando, assim, disfarçar meu estado sombrio de ânimo.

* * *

"Tem certeza de que é aqui mesmo, seu Antenor?", perguntou-me Wilson quando estacionou o carro.

"É aqui mesmo, Wilson. Não parece, mas é."

"Misericórdia", comentou Wilson com expressão mais séria e comedida, o que achei graça, apesar do jeito cerimonioso como falou.

Imagino que, para ele, era um insulto aos mortos, toda aquela parafernália revirando a terra. Máquinas, britadeiras, homens de capacete trabalhando entre o que restou das sepulturas. Um barulho infernal em meio à poeira que se levantava vigorosa do chão. O cheiro, que me veio ainda dentro no carro, era muito ruim.

Wilson me ajudou a sair. Eu lhe disse que não precisaria me acompanhar. Já tinha sido trabalhoso demais me trazer até aquele lugar assombroso. E, pela sua cara de espanto, sem o habitual sorriso, percebi que ir adiante seria uma tarefa ingrata e custosa para ele.

Eu, apenas eu, o que restou da família, teria de enfrentar aquela situação.

"Está tudo bem, seu Antenor?", perguntou Wilson ao perceber que eu demorava tempo demais para dar o primeiro passo. Acho que notou também o suor na minha testa, as mãos um pouco mais trêmulas.

"Não se preocupe, Wilson", tratei de dizer antes que ele insistisse em entrar comigo no cemitério.

Eu sentia forte dor na nuca. A vontade de manter os olhos fechados era enorme. Se não me esforçasse para caminhar o quanto antes, não daria mais tempo. Cairia ali mesmo, do lado de fora, na rua, ao som de *homens trabalhando no local.*

Ignorando a sensação de tontura, me dispus a andar pela calçada esburacada, o que só aumentava o risco iminente de queda. À entrada do cemitério, persignei-me. Não que me apegasse a qualquer tipo de crença, mas fazer o sinal da cruz era o gesto que julgava ser adequado a entrada de um cemitério. Apesar da visão ligeiramente turva, notei que o velho portão metálico fora arrancado. Embora um cemitério não seja a melhor paisagem do mundo, aqueles sinais de degradação reforçavam a ideia de que, com a morte, tudo acaba. Não havia mais também a copa das árvores com suas folhas acobreadas derramando sombra sobre os túmulos. Não restavam nem sinais delas.

Foram tantas as vezes que precisei vir aqui para enterrá-los e, posteriormente, em visitas devotas com mãos carregadas de flores, que sabia a localização de cor: a quadra, o lote, o número da campa. Ir reto, dobrar na segunda à esquerda, seguir até o fim do corredor. E lá estavam eles. Minha família amada. Olhei em volta e não restava mais quase túmulo nenhum. Ao redor, as máquinas enfurecidas quebravam tudo e muitos operários se movimentavam incessantes de um lado pro outro.

Parei em frente ao mausoléu.

Apoie-me na porta gradeada.

Esbaforido, sem forças para puxar o ar.

Tentei ver além da porta, mas estava escuro demais.

Pensei em minha irmã suicida.

Nunca será fácil ver alguém que, em pleno exercício de liberdade, dá fim à própria vida.

Minhas pernas fraquejaram.

Me perdoem, pensei, não consegui. Apalpei o bolso do casaco. O vidro de seconal continuava lá, intacto, com os trinta comprimidos. Pode ser que um dia eu viesse a usá-lo. Mas hoje não. Hoje, não.

Olhei para o lado e vi Wilson que, ligeiro, ofereceu o braço para que eu me apoiasse. Eu não recusei a ajuda. Teimosamente me seguiu. Que bom!

"Está tudo bem, seu Antenor?

"Sim, vamos acabar logo com isso."

Mateus, o administrador do novo cemitério, também se aproximava, acompanhado de três homens. O advogado certamente seria o de terno, o coveiro aquele de uniforme azul sujo de terra e o dono da obra o que ostentava roupas limpas e capacete novinho em folha.

Depois, quando tudo estivesse terminado – exumação concluída, ossos enterrados de novo, papelada assinada, Mateus com os cheques nas mãos e eu voltando para o asilo –, pediria que Wilson parasse no mercado mais próximo e, então, compraria uma garrafa de vinho. Entraria com ela escondida dentro do casaco. Em outros tempos, eu ofereceria quinhentos reais pro Wilson esticar a jornada de trabalho no meu quarto. Mas, como nem libido mais há nessa porcaria de corpo encarquilhado, eu beberia sozinho quando a noite, enfim, chegasse. E, bêbado, dormiria, sem me preocupar com os malefícios daquela quantidade de álcool.

Pessoas morrem todos os dias.

Eu posso ser o próximo, mas nunca serei o último.

Garotos 1

O hamster do Diogo morreu hoje.
 Ele me ligou no início da tarde para contar que havia encontrado o bichinho morto dentro da gaiola. Diogo chorava e eu comecei a chorar também. Porém, suas lágrimas eram mais honestas do que as minhas, pois ele cuidava do bicho com extrema dedicação. Criou apego.
 Eu, egoísta, só chorava pela impossibilidade de consolar com um abraço alguém que mora longe. Por fim, consegui dizer algumas palavras idiotas que nunca confortam ninguém, mas não paro de chorar desde então. Queria estar lá agora para fazer alguma coisa que amenizasse a dor dele. Qualquer coisa, sei lá. Mas estou aqui devorando cigarros, bebendo uísque, sentado no chão, numa cena patética, pensando no ratinho, no Diogo, chorando copiosamente diante do pavor de estar mais uma vez trazendo para a coleção um novo amor impossível.
 Parece que vai ser sempre assim.
 Um amor impossível que me salva de outro amor impossível.
 Desde a primeira vez que vi Diogo, soube que não ia dar certo. A gente não espera encontrar o amor da nossa vida numa sauna gay. Ainda mais sendo esse pretenso amor

um garoto de programa, com a toalha branca enrolada na cintura, deixando aparecer, estrategicamente, parte de seus pelos pubianos.

No dia em que conheci o Diogo eu já havia circulado pela sauna por mais de meia hora, percorrendo seus ambientes – sauna seca e a vapor, sala de vídeos pornôs, banheiros, área dos chuveiros e o bar –, entediado e inquieto, sem ficar muito tempo em nenhum deles. Eu já me preparava para ir embora, indo em direção ao armário trocar de roupa, quando cruzei com Diogo, encostado na parede, com um sorriso insinuante. Bastou que eu o olhasse para me sentir atraído como há muitos anos não acontecia. Os boys vão perdendo o encanto quando a gente percebe que são produtos fáceis de adquirir. Basta ter dinheiro e você leva qualquer um deles para cama. Se vai sair satisfeito, isso é outra história. A maioria não sabe dar prazer, só querem meter e fazer você gozar o mais rápido possível.

Não me dirigi imediatamente ao Diogo assim que o vi. Fui até o bar e pedi uma dose de conhaque, de modo a observá-lo mais um pouco, à distância. Naquele dia, não sei ao certo a razão, eu estava nervoso. Há anos frequentando saunas, sabia que esses encontros seguiam o mesmo padrão: cumprimentos iniciais, sorrisos, perguntas básicas sobre preço e sobre o que o boy estava disposto a fazer, avaliação do material, umas pegadinhas. Depois a solicitação da chave e a ida ao andar superior onde ficam os quartos. Pronto! Era simples.

Pedi outra dose de conhaque, bebi de uma vez só e fui em sua direção. Diogo sorriu ao me aproximar. Foi o suficiente para ter certeza de que eu queria subir com ele. O preço e o tamanho do pau seriam meros detalhes, se comparados aquele sorriso lindo, ornado por lábios grandes, carnudos, e por dentes perfeitamente alinhados e reluzentes de tão brancos.

Posso dizer, sem sombra de dúvida, que conhecer Diogo foi a melhor coisa que aconteceu na minha vida nos últimos quatro anos. Diogo não impediu as tragédias do meu destino, não impediu que pessoas queridas morressem, não impediu que eu fosse mandado embora de dois empregos nesse período, não impediu a retirada de uma pedra no rim, não impediu os remédios para combater a insônia, não impediu que eu enterrasse minha mãe, mas esteve ao meu lado quando essas agruras aconteceram, o que fez toda a diferença, tornando suportável aquilo que me levaria à depressão ou ao suicídio se estivesse sozinho em casa, enchendo a cara e ouvindo Nina Simone.

Nossa relação nunca deixou de ser aquela entre um garoto de programa e seu cliente, envolvendo dinheiro, horários e locais previamente combinados.

Pode parecer idiotice o que eu vou dizer, mas sonhava com o dia em que Diogo me ligaria para confessar que estava apaixonado por mim, que gostaria de morar e casar comigo, ser meu namorado, meu marido, meu companheiro. Eu sei que fui um idiota! A gente se torna um idiota quando está apaixonado.

Ele se mudou para os Estados Unidos. Disse que ia tentar fazer a vida por lá. Por aqui já tinha passado da idade limite para aposentadoria de um michê, algo em torno dos vinte e cinco anos. Diogo tinha trinta e um.

    Ofereci-me para levá-lo ao aeroporto no dia da partida, além da "generosidade" de pagar metade da passagem aérea. Diogo despediu-se de mim com um forte abraço diante do portão de embarque. Depois ele se foi, e eu fiquei observando até ele desaparecer da minha vista. Deixei para chorar em casa; o que fiz, mas sem tanta tristeza.

    Diogo nunca me fez mal, nunca me roubou, nunca me bateu, nunca exigiu presentes e dinheiro além do combinado. Deixou mesmo a saudade e uma boa lembrança em meu coração, para guardar com afeto.

    Que o Diogo seja feliz.

    O Diogo que não era Diogo. Mas prometi não revelar seu nome verdadeiro.

    Quem sabe eu não viaje para os Estados Unidos?

    Quem sabe?

    Parece que vai ser sempre assim.

    Um amor impossível que me salva de outro amor impossível.

Garotos II

Uma semana após sua morte, fui visitar seus pais, mesmo sabendo que minha presença era indesejável. Pensei em comprar uma garrafa de vinho ou uma caixa de bombons numa tentativa de atenuar as mágoas. Mas quando seu pai abriu a porta, eu tinha tão somente as mãos vazias e unidas atrás do corpo. Ele me olhou de cima a baixo, sem dizer nada, incrédulo por tamanha petulância. Inicialmente, senti-me desprezado. Ainda bem que não estava bêbado e vestia uma roupa básica: tênis All Star marfim, calça jeans, suéter preto. Depois seu pai olhou dentro dos meus olhos e eu me preparei para ouvir as piores grosserias. Mas o que vi, naqueles olhos idênticos aos seus, foi o mesmo lamento que ambos compartilhávamos por sua morte. Como se pudéssemos entender o quanto nós dois o amávamos.

"Entre", disse seu pai, sem qualquer expressão no rosto.

Esgueirei-me por ele e me pus no centro da sala. O interior da sua casa confirmou as impressões que eu tinha desde criança: uma casa enlutada torna-se a extensão da sepultura do morto: fria, nauseante e com cheiro de terra úmida.

"Quer café, Mike?"

"Aceito." Meu estômago estava enjoado, mas disse que sim porque gostaria de preservar um pouco mais daquele silêncio, enquanto seu pai se afastaria até a cozinha para preparar o café.

Afundei meu corpo no sofá e minha cabeça logo se inundou de lembranças. Você me levando para dentro da sua casa. Festa de aniversário. Comemoração dos seus vinte e três anos. Todo mundo me observando. Minha vergonha imediata. Meu rosto ruborizado. Você me apresentando à família como o "dono de uma agência de modelos". A mesma agência que o tinha contratado para algumas propagandas e desfiles – os eventos que deram origem à moto, às roupas de grife, ao relógio, aos perfumes importados. Você sorria como se fosse divertido enganar aquela gente. Então percebi que nenhum deles sabia que você era um garoto de programa.

Para driblar o constrangimento, bebi vinho exageradamente. E, quanto mais eu bebia, mais sorria e falava alto. Ouvi alguns rindo e me chamando de viado. Em seguida, você me aconselhou a ir embora e eu fui.

Não dei atenção a regras básicas: não sair com um mesmo garoto de programa mais de uma vez (para não correr o risco de se apaixonar); não se envolver com problemas pessoais do GP; não conhecer a família de nenhum deles.

Meses depois, veio a confirmação da doença, e o viado-dono-da-agência-de-modelos provavelmente transmitiu o vírus – foi isso que teus familiares imaginaram. Tanto que não autorizaram minha presença no funeral. Ameaçaram arrebentar minha cara, se eu chegasse perto da capela. Assisti de longe, sob uma árvore grande, teu corpo magro, inerte, num invólucro de madeira, descer à sepultura. Não tive a chance de contemplar seu rosto pela última vez. Sozinho, num cerimonial próprio, mastigando silêncios e fumando cigarros infinitos, chorei a saudade que sabia ser para sempre. Todos estavam lá. Tua mãe, que lhe ensinou a cheirar pó. Sua avó evangélica, que te condenou prematuramente ao inferno. Os amigos da sauna. Ainda posso ouvir o som da terra socando a tampa do caixão. Ninguém sofreu mais do que eu naquela tarde modorrenta e atroz, coberta por uma luminosidade pastosa. O mundo perdia sua cor. Seus familiares nunca saberão o quanto eu lhe amei.

Seu pai me trouxe de volta à realidade com uma caneca de café fumegante. Sentou-se bem à minha frente.

"Sinto muito", eu disse debilmente.

E seu pai, bebericando o café já morno, começou a me contar detalhes da sua morte. Não sei se para me crucificar ainda mais ou somente para quebrar o silêncio constrangedor.

"O que o matou mesmo foram as duas paradas cardíacas em sequência. Mas ele já estava muito debilitado quando foi internado. O corpo inteiro coberto de feridas. Carcinoma." Bebeu um pouco mais do café e continuou. "Uma forte pneumonia o abateu. Ficou magrinho, pele e osso, e quase não conversava mais. Eu sabia que meu filho estava morrendo. Eu via nos seus olhos que ele já implorava pela morte. Parecia cansado de lutar. A doença estava vencendo-o. Ele queria descansar daquilo tudo." Depois se calou e chorou. Chorou diante de mim.

"Não tive culpa", eu disse. "Não queria que vocês ficassem com essa má impressão. Estou limpo dessa doença."

"Sabe, Mike, meu filho gostava muito de você. Falava seu nome sempre com um aspecto de devoção. Alguma coisa de bom você deve ter trazido pra vida dele."

"Eu amava o seu filho", disse sem culpa, sem exagero. Não me preocupei com o que ele pudesse pensar a partir desta declaração. O que veio foi um novo silêncio. Seu pai de cabeça baixa. Um gesto que parecia me expulsar mais uma vez daquela casa e daquela família.

"Olha, Mike, acho melhor você ir embora. Daqui a pouco minha esposa vai chegar e eu lhe garanto que ela não será tão compreensiva quanto eu. Vá embora, meu filho. Vá viver sua vida. E proteja-se."

Eu agradeci pelo café, por ter me recebido, e deixei a casa. Na calçada, comecei a chorar as lágrimas que consegui reter enquanto estive lá dentro. Andei vários quarteirões chorando, lembrando do teu rosto, da tua alegria. Uma felicidade de viver que foi roubada de mim.

Você será sempre uma saudade.

Um dia você acorda e, inexplicavelmente, aquele amor não incomoda mais.
Um dia você acorda e não sente mais tanta falta.
Você acorda sem aquele aperto no peito. Aquela saudade. Aquela maldita falta de ar angustiante.
Você simplesmente acorda.
E percebe que a vida continua.
Você acorda e não entende a razão de tantas madrugadas pensando. Tantas garrafas de vinho desperdiçadas. Tantos remédios. Tantas noites ancorado ao balcão de um bar. Solitário. Virando um copo atrás do outro.
De repente, você acorda e percebe que o mundo continua inteiro ao redor. Do mesmo jeito de antes. De quando teu mundo somente era mundo se coubesse aquela pessoa.
Um dia você acorda e tem vontade de levantar da cama.
Escovar os dentes.
Tomar banho.
Vestir roupas limpas.
Pentear os cabelos.
Trocar o lençol.
Abrir as janelas.
Um dia você acorda e tem vontade de sair de casa.

Abre a porta. Entra no elevador. Teu rosto no espelho não é mais o de um derrotado pelas lembranças.
Cumprimenta o porteiro.
Atravessa a rua.
Caminha até a padaria da esquina – o lugar onde tudo começou não é assim tão importante como você imaginava. Causa certa indiferença.
Senta-se à mesa dos fundos.
Escolhe o teu sanduíche preferido.
Café duplo. Com creme.
É capaz de sorrir para a garçonete que anota o pedido.
Um dia você acorda e não tem mais vontade de morrer para esquecer.

Esta obra foi composta em Stempel Garamond e impressa em papel pólen bold 90 g/m² para Editora Reformatório em setembro de 2020.